エンド・
オブ・
ライフ

佐々涼子

集英社インターナショナル

エンド・オブ・ライフ

佐々涼子

目次

写真　長野陽一
ブックデザイン　有山達也
岩渕恵子
（アリヤマデザインストア）

これは、私の友人、森山文則さんの物語

プロローグ

訪問看護師、森山文則《ふみのり》（四八）が、身体の小さな異変に気づいたのは二〇一八年の八月のこと。この年は猛暑で、京都は鍋の底にでもいるような蒸し暑さだった。

彼の勤務先は、京都で訪問医療を行っている渡辺西賀茂診療所。上賀茂神社のすぐ近くにある、小さな商店街の一角に診療所を構えていた。喫茶店やスーパーの立ち並ぶ通りには、見事な桜の木があり、夏になると青々とした葉をつける。診療所には訪問診療を行う医師、訪問看護師、ヘルパー、ケアマネージャーらが在籍しており、森山は若手の看護師を指導する立場にあった。

彼の日課は、朝のミーティングで進行役を務めること。だがその日、声を張り上げようとすると咳が出る。声も出にくかった。胸を押さえて、軽く咳ばらいをしてみる。

そういえば、一カ月前からこんな調子だ。胸にあるこの漠然とした違和感は何だろう。森山は、ミーティングの間そんなことを考えていた。

看護師のひとりが、新しく受け持った患者の症状を報告し始める。

「しつこい咳が出るので調べたら、すい臓がんで肺に転移していたそうです」

資料に目を落としていた森山は、顔を上げてその看護師を見つめた。

数日後、森山は診療所の院長、渡辺康介《こうすけ》に声をかけた。

「あの、ちょっと変な咳が長引くので、検査をしてもらいたいんですが」

渡辺はそれを聞いて眉をひそめたが、その時の空気はさほど深刻なものではなかった。

「そやな、念のために検査を受けといたほうがええかもしれんな」

診療所から京都鞍馬口医療センターに依頼をし、検査の日程が組まれた。


八月九日。彼はCT検査を受けたあと、いつものように訪問看護師として助手席に医師を乗せて市内を巡回した。そして、検査結果の出る午後四時に医療センターに寄り、裏手の駐車場に車を停める。

「先生、ちょっと受け取らなくちゃいけないものがあるのでここで待っていてください」

詳しい説明をせずに、往診車に医師を残して検査結果を取りに行く。

空は薄曇りで、さほど暑い日ではなかった。

渡された封筒は、渡辺康介宛てだ。だが、診療所の検査結果に最初に目を通すのがいつもの役割だったので、特に躊躇することもなく、車に戻る道すがら、封を切る。

もどかしい思いで書類を出すと、結果報告書は二枚あった。二枚目には画像が添付されている。彼はまず一枚目に目を落とした。

CT画像診断報告書

【画像診断】
一元的には膵頭《すいとう》部腫瘍と多発肺転移を疑う所見です。鑑別は主膵《しゅすい》管型IPMNなど。PSCやIgG4関連疾患など総胆管狭窄を来す炎症性疾患も考慮されますが、主膵管の著明な拡張から典型的とは言えません。肺病変に関しては感染症や多発高分化型腺癌も鑑別ではあります。

すい臓がんを原発とする肺転移の疑い。不思議と驚いたり、ショックを受けたりはしなかった。むしろ今までの違和感がようやく腑に落ちた気分だった。

二枚目に添付されていた画像に目をやる。黒く写るはずの肺が、雪でも降っているかのように真っ白だ。「ああ、これは」。森山は小さく咳ばらいをする。

騒がしかったはずの蟬しぐれが聞こえない。雑踏の音もしなかった。彼の周りだけ音が消えて、ひどく静かだった。銀杏《いちょう》並木の美しいことで有名な場所だったが、青々とした葉の間からこぼれる陽の光も、どういうわけかセピア色に見える。ショックなことがあると、色を失うというのは本当だったのだと、ぼんやり思っていた。

淡々と車のドアを開けると運転席に座り、シートベルトを締めた。助手席に乗っている若い医師は、森山が検査を受けたことを知らなかったため、彼の異変にまったく気づくことはなかった。

エンジンをかけて車を走らせる。検査結果に異常がなければ、あっという間に忘れてしまう一日だっただろう。車窓を流れるのは、変わりばえのしない京都の街並だった。

森山の胸ポケットに入っている小さなノートには、縮小コピーした過去のカレンダーが差し込まれている。日付には赤いボールペンで、几帳面に丸印がつけられていた。遠目からだと真っ赤に見える。赤い丸は、患者を看取った日につけられたもので、ここ数年間で彼は二〇〇人以上を看取ってきた。週に二、三人。多い時には五人の看取りを経験することもある。がん患者の看護経験は多い。

がんは原発がどこかによって生存率が変わってくる。すい臓原発のがんであるなら、その生存率はほかのがんと比べても低い。肺のがんがすい臓から転移しているものであれば、森山のがんは、この時点ですでにステージⅣ。こうなると手術も放射線治療も功を奏さない。ステージⅣの五年相対生存率は、全国がんセンター協議会加盟施設の生存率協同調査（二〇〇八年―二〇一〇年症例）によると、一・五パーセントだった。

彼は妻や同僚にがんが見つかった旨の報告をした。

報告しながらも願っていた。

「肺がんであってほしい。それならまだ何とかなるかもしれない」

だが、追って検査した結果は、すい臓原発のがんだった。

彼を担当している呼吸器内科の医師は、森山があまりに冷静なので、こう気遣った。

「医療の専門家だからって我慢する必要はないのよ。泣きたかったら、うんと泣いていいんですよ」

彼はその一言が嬉しかった。しかし、さほど涙は出なかった。

二〇一三年

今から六年前のこと

たった一日だけの患者

1

二〇一三年当時、私は駆け出しのノンフィクションライターだった。『エンジェルフライト国際霊柩送還士』という、海外で客死した人々の遺体を運ぶ仕事を描いた本でノンフィクション賞を受賞し、ようやく仕事が軌道に乗り始めた頃だ。次回作は、在宅医療について取材をしてみないかと、編集者に声をかけられたのが、森山との出会いのきっかけだった。

在宅医療とは、病気やけがで通院が困難な人や、退院後も継続して治療が必要な人、自宅での終末医療を望む人などのために、彼らの自宅を医師や看護師が訪問して行う医療だ。

取材先は、彼の勤務していた渡辺西賀茂診療所。森山は、髪を五分刈りにして、細身の身体に紫色のユニフォームを着ていた。物腰が柔らかく、手首には数珠《じゅず》のようなブレスレットをしている。かつては高校球児のように見えたというが、私と会った時は、年を重ねて禅僧のようだった。

あれこれと話しかけてきてくれて、世話を焼いてくれたのだが、もちろん彼も忙しく、さほどプライベートな話をする機会もなかったし、私も、右も左もわからない場所で、いっぺんにたくさんの人と会うことになり、正直なところ印象は薄かった。まさか、その後、彼と別の形で再会することになろうとは、思いもよらないことだった。

森山の在籍していた診療所にはその頃四〇人ほどが在籍しており、デスクは、医師、看護師、理学療法士、ヘルパー、ケアマネージャーと、職種ごとに島になっていた。

医師と看護師は同じ組織内に属しているのが当然のように思うかもしれないが、在宅医療の場合、医師と訪問看護師がそれぞれ別組織であることも多い。

しかしチーム医療であるなら、顔を合わせてコミュニケーションを取れる同組織のほうが、機動力があって患者のためには利点も多い。この診療所の在り方は、患者の生活をトータルで支えるという点において理にかなっていると言えるだろう。

その頃、常勤の医師は、渡辺康介院長ひとりだったが、非常勤で週に一度通ってきている医師は六人いた。

渡辺院長は、白衣を着ない。真っ白なひげを今風にカットし、いつもとびきりオシャレなシャツを着ていた。ある日など、スーツの胸ポケットに小さな赤いバラをつけていたが、それがまったく嫌みではない。ひと昔前の流行語で言うなら、「ちょいワルオヤジ」風なのだ。

初めての取材の日のことはよく覚えている。

「医師になっていなかったら、僕は美容師になってたかもしれんね」

と渡辺は言う。富裕層特有のおっとりしたもの言いが彼をチャーミングに見せていた。

京都に昔から続く家の出身で、京都愛を語らせると話は果てしなく続く。

「どうして在宅医療を始めようと思ったのですか？」と尋ねる私。

渡辺はのんびりと答える。

「なんでやろうねぇ。しんどいよね」

そう言うと、「ふうむ」としばらく考え込んだ。

そこにちょうど、ベテランの看護師、吉田真美《まみ》が通りかかったので、

「なあ、吉田さん。僕、なんでこんな仕事してるんやろうね」

と聞く。

「知りませんよ」と、軽くいなされ、渡辺は参ったとばかりに頭をかいた。京都愛は饒舌《じょうぜつ》に語るのに、自分の経歴はあまり語りたがらない。基本的にシャイな人なのだろう。

「一応、インタビューなので……」

と促すと、彼はぽつり、ぽつりと、自分の人生を語り始めた。

「大学病院をやめて、四二歳の時、長岡京市で開業しました。当時はまだ、あんまりやる気に

はなっていませんでした。主に病院の経営を支えていたのは同業者のうちの奥さんです。ちょうどその頃、中学二年生の娘が不登校になりましてね。小学生の頃からいじめにあっていたようですが、それが爆発したんでしょう。いじめられていたことを僕は知らんかった。僕の奥さんもです。なんで、引きこもるんやろう、どうして、学校に行けんのやろうと思ってそばについていて、気づいたら一緒に引きこもっていました」

「一緒にですか」

「そう」

渡辺は再びのどかに笑った。

「診察は週に数時間だけ。娘の喜ぶ顔が見たくて、あいつが外に出れんかったら、代わりに漫画を買いに行ったり、不登校の子どもを見てくれる、いい先生がいたら会いに行ってみたり。四、五年そんな感じです」

渡辺が現在行っている在宅医療と、この引きこもりの経験。ひょっとすると、どこかで重なり合っているのかもしれない。だが、それを確かめようとしても彼は首をひねるばかりだ。本人にはよくわからないらしい。ただ、少なくとも彼には、自由に外に出ていけない人の気持ちが理解できた。

「ある日、開業していた医院の待合室がサロンのようになっているのが気になりました。診察を受けるのを口実に、高齢の患者たちがそこで日がな一日、過ごしているんですよ。それなら、このスペースを利用して、デイケアができないかと考えて、医院の二階にその施設を作りました。しかし、そこに通って来られない人もいる。施設に来られない人たちには、往診をしたらどうか。そこで往診が始まりました。やってみると、僕の性格に在宅医がはまったというわけです」

渡辺が羽織っている京都伊勢丹で買ったオシャレなジャケットも、ポケットにつけたバラの花も、患者へのめいっぱいのサービスなのだ。

「まあ、何にしてもちょっと患者の家を回ってみましょうか」

彼の往診車に乗せてもらい、市街を巡ることにした。

あたりは暗くなっており、ぼんやりと家々の明かりが灯っている。

往診車の車窓からは、京都の住宅街が見えた。この町のどこかに、病気で療養中の人が住んでいる。健康な時には、この世界には病人がたくさんいて、それぞれの苦しみを抱えているなどとは思いもしないものだ。

「ほら、あれが鴨川です」

見ると、日の落ちたあとの川面に街の灯りが反射してぬめぬめと光っている。土手は真っ暗で怖かった。古都の人が昔からさまざまな思いを込めた川かと思うと、いっそう不気味な感じがした。

「ああ、これが有名な鴨川ですね」

「佐々さんは、知ってはりますか。方丈記」

私は、中学校で暗記させられた方丈記を、記憶の片隅から引っ張り出した。

「昔、覚えました。ええと、『ゆく河の流れは絶えずして、しかももとの水にあらず』でしたっけ」

すると、渡辺はあとを続けた。

「『淀みに浮かぶうたかたは、かつ消えかつ結びて、久しくとどまりたるためしなし。世の中にある人とすみかと、またかくのごとし』」

しばらく沈黙が続いた。私は、横に長く掘った落とし穴のような暗い土手を眺めている。

「以前はね、大学病院に勤めておりました。まだ研修医の頃、末期がんの患者さんを担当したことがありました。痛い、痛いと、訴えられますが、当時は何もできませんでした。僕は役立たずでした。そのうち病室に行くのが苦しくなってね。頻繁に診に行っていたのが、だんだん足が遠のくんですよ」

「痛い、痛い……ですか」

正直な感想だった。自分では救うことのできない患者の苦しみを見たくないのは当然といえば当然だろう。

だが、在宅で看病している家族だって同じようなものだ。患者の苦しみから目を逸《そ》らしたくなる時もある。病気を前にしたら身がすくむし、ちっぽけな自分にはどうしようもない負の感情が湧いてくることもあるのだ。そして家族はその感情ゆえに苦しむ。本当のところ、それは家族を愛しているか、愛していないか、思いやりがあるか、ないかとは別の問題なのだ。在宅で療養すれば患者が幸せなのかといえば、必ずしもそうとは限らないのではないか。

しかし、渡辺は私のそんなまなざしをよそに、在宅医療に希望を見出している。彼らは当時珍しい取り組みを行っていた。

渡辺西賀茂診療所は在宅の患者たちの、最後の希望を叶えるボランティアをしていた。

取材に入ってすぐ、私は渡辺から一本の電話をもらった。夏の盛りの頃だった。

患者に同行して「潮干狩りに行く」という。

2

ある日、診療所に、京都大学医学部附属病院から一件の打診があった。

「末期がんの女性を一時帰宅させたい。ついては、在宅の主治医として紹介したい」というものだった。患者の名前は木谷重美《きたにしげみ》。三七歳の女性で食道がんだった。食道と気管が穿孔《せんこう》してしまっており、ステージⅣ。京大病院では夫と小学校五年生の娘が同席して、余命宣告を受けていた。

夫は言う。

「先生がきちんと告知をしてくれたから、あいつも私も、もう長いことはないと覚悟していました」

一時帰宅の目的を重美は、こう語っていた。

「家族で潮干狩りするって決めているんですよ。六月に行こうと約束していたのに具合が悪くなってしまって。だから、今回はどんなことがあっても行こうと思います」

彼女は、家族との思い出を作るために退院してきたのだ。

京大病院の主治医もそこはよくわかっていて、「好きなことをして過ごしたほうがいい」とアドバイスしている。彼女と関わった医療関係者に、「好きなことを存分しなさい」「最後までやりたいことをやりなさい」と言わせる強さを、彼女は持っていた。

診療所の訪問看護師でマネージャーの村上成美《しげみ》は、「ぜひ、潮干狩りに同行させてください」と木谷一家に申し出た。

村上は、渡辺西賀茂診療所が訪問診療を始めた頃からのメンバーだ。彼女は小学生の頃から看護師になりたかったという。前職の救急病棟では人手が足りない時、生まれたばかりの子どもを背負いながら看護をしたという武勇伝を持っている。ここの診療方針は、彼女の存在に大きく影響を受けているといってもいい。

重美は、まさか個人的な家族旅行に看護師が同行してくれるとは思っていなかったようで、最初の反応は「そんなん、いらんよ」とさっぱりしたものだった。

しかし、村上は「ご心配でしょう。うちでも車を出しますから」と譲らない。

彼女は病状の急変に備えて、看護師はいたほうがいいと判断していた。この申し出に、木谷夫妻は、「在宅の看護師さんはそこまでするんやなあ。ようやるなあ」となかば不思議そうに感心したという。

標準の訪問看護のメニューにはもちろん、外出に同行することは含まれていない。しかし、当時、渡辺西賀茂診療所はまだ規模も大きくなかったので、患者の希望があれば、スタッフたちは墓参りや結婚式へも同行していた。だから、潮干狩りへの同行も、普段通りの申し出だったのである。もっともこの時の看護師たちは、潮干狩りと聞いても、「近所へ遊びに行くのだろう」というくらいの軽い気持ちでいたのだ。

潮干狩りは七月二六日と決まったので、医師と看護師二人が追って打ち合わせに行くことになった。医師の蓮池史画《はすいけしが》は非常勤の緩和ケアの専門医で、尾下玲子《おしたれいこ》は緩和ケア認定ナースだ。そして、もうひとりが診療所唯一の男性看護師で、後に再会することになる森山文則である。

潮干狩り前日の二〇時。蓮池と森山、尾下が、重美の自宅に向かった。家は京都の花街、上七軒にあり、古い町屋の並ぶ軒下には白い提灯が下がっていた。退院してきたばかりの重美はさっそく北野天満宮の祭りに娘と行ってきたという。しかし点滴が長引いたため、境内の出店はすっかり閉まっていたのだと夫に報告していた。

木谷家では、夫も交えて打ち合わせが行われた。重美は、話し合いに参加しながら、手元で家族の洗濯物を丁寧にたたんでいる。娘の麻由佳は、ゆかたを着てそばにいた。

森山はその時の様子をこう述べている。

「ご本人はすたすた歩けるぐらい元気そうでした。血中の酸素飽和度が少し下がっているので、一リットルぐらい酸素を入れておきましょうか、という感じでした」

重美の元気な様子に、森山はほっとしたものの、翌日のスケジュールを聞いて戸惑った。潮干狩りだと聞いて、近所の海にでも出かけていくような軽い気持ちでいたのだ。しかし地図でさし示されたのは、愛知県の知多半島の南端だった。

「ずいぶん遠いですね」

京都の木谷家から行き先の海までを目でたどる。走行距離にして約一八〇キロ。名古屋の南に位置し、中部国際空港セントレアより遠くにある。京都からだと伊勢湾をぐるりと回り込み、半島の先まで行くことになるのだ。

森山は遠回しに不安を口にする。

「ここからだと結構かかりますよね」

夫は答える。

「休憩をはさみながら行くから、四時間ぐらいはかかるんじゃないかな」

よほど行きたかった場所なのだろうと察した。しかし、森山は同時に心配になった。普通の状態でも四時間のドライブは身体に堪《こた》える。交通事情によっては、もっと時間がかかるだろう。さらに夏の日差しが降り注ぐ海辺では体力を消耗する。不測の事態に備えることが必要だった。

診察を終えた蓮池は、率直にこう切りだした。

「お疲れになるかもしれませんね。病状の急変もじゅうぶん考えられますよ。今の状態から判断すると、ご本人にもご家族にも覚悟が必要です」

重美は覚悟はできているという風に蓮池を見つめ返した。

「それでも、明日は行かないと」

蓮池はそれにうなずき、

「僕らは重美さんとご家族の意向を最優先に尊重します。当日は診療所に控えています。何かあったらいつでも電話してきてください」と念を押すように言った。

「クオリティ・オブ・ライフ」という言葉をよく聞く。しかし、そもそも人生の質とはいったい何だろう。もし無理をして、本人も家族も後悔するとしたら、それはチャレンジするほど価値のあることだろうか。

確実なことなど何ひとつない。もう一度過去に戻って選択をし直すことなどできない。だが、人間とは「あの時ああすればよかった」と後悔する生き物だ。もしかすると取り返しがつかないかもしれないと思うと、スタッフたちは、「ぜひ、実現させてください」と患者の背中を押すことをためらってしまうのだ。

彼女は、たった一日の思い出作りのために、家で過ごす安らかな時間を差し出すことになるかもしれない。それで本当に悔いはないのか。いくら覚悟しているとは言っても、もし万が一のことがあれば、どのような気持ちになるかは誰にもわからなかった。

往診組が帰ってくると、診療所では入念な打ち合わせが二二時過ぎまで行われた。

まず当日は、渡辺西賀茂診療所からも一台車を出して、木谷家の車を追いかけることになった。そこで車に載せる酸素ボンベや往診用の器具が用意された。何人で同行するかについては意見が分かれた。ただでさえ人手の足りない土曜日に、数人を一日同行させる。それは留守番組にとっても負担が大きい。

しかし森山は、命を預かっている以上は万全の態勢を取りたいと望んでいた。議論の末、森山と、転勤してきたばかりの尾下、そして事務局の若手の男性職員、岡谷亙《おかたにわたる》が同行することに決まった。

院長の渡辺は、例によって鷹揚な口調でつぶやく。

「酸素ボンベなんか積んで事故でもあればボンッと爆発や。病院の経営者にしてみれば、無用なトラブルは避けたいところやけどね」

リスクを数えあげればきりがない。よくそこまでやるものだと感心するが、同行しないという選択肢は彼らにはないようで、渡辺はこともなげだ。

「まあ、やってみればいいんと違う?」

彼らは、この小旅行での同行費用を利用者に請求していない。つまりボランティアだ。二人の看護師を同行させれば、自費なら一日あたり一〇万円前後になるという。これらの経費はすべて診療所持ち。転勤してきた看護師によると、「患者と近くのコンビニに同行することすら、許可が必要な事業所が多いんですよ。同行できる看護師は幸せです」と言う。看護の世界には制約が多いのだ。それにもかかわらず、なんとかして患者の希望を叶えようとする。彼らはなぜこんな活動を続けているのだろうか。その時、渡辺は自分の役割について、こんな風に語っている。

「僕らは、患者さんが主人公の劇の観客ではなく、一緒に舞台に上がりたいんですわ。みんなでにぎやかで楽しいお芝居をするんです」

舞台とはよく言ったものだ。古い路地や、寺社の残るこの町に、どれだけの人が生まれ、去っていっただろう。私は、華やかな京都という舞台に登場しては消えていく無数の役者たちを想像した。

――淀みに浮かぶうたかたは、かつ消えかつ結びて、久しくとどまりたるためしなし。世の中にある人とすみかと、またかくのごとし――

渡辺が、つぶやくように語ったその言葉がよみがえってくる。

渡辺は続けた。

「佐々さんは『かまいい』という言葉をご存じですか？　こちらの言葉で『おせっかい』という意味です。まぁ、我々のやっていることは、『おせっかい』なんでしょうなぁ。世間は自分のやることに境界を設けたがる。『私の仕事』『あなたの仕事』『誰かの仕事』というように。自分のすべきこと以外は、だれもが『私の仕事じゃない』と言って見て見ぬふりをする。しかし、それでは社会は回っていかんのですよ」

白いひげをなでながら、彼は時々仙人じみたことを言う。

この日のことは、スタッフの間でのみ閲覧可能なインターネットの院内電子掲示板サイボウズ上に記録が残っている。

○七月二五日　二二時一九分　医師　蓮池史画
明日の知多半島への潮干狩りに備えて、いつもの薬を経口薬や点滴、座薬など、携行しやすいものに変更しました。今、スタッフに目の前で準備していただいています。酸素飽和度がここ数日で低下していると考えられ、放射線性肺臓炎、または薬剤性肺炎の再燃であれば、急速に増悪する可能性もあります。その場合は救急へ向かうことになると思います。明日行かれる森山さん、尾下さん、岡谷さん。くれぐれもお気をつけて！


この夏は、異常な暑さだった。夜になっても気温は下がらず、昼の熱気をもったまま京都の夜は明けた。スタッフたちは緊張したまま朝を迎える。

雨が降るかと予想されたが、空は薄曇りだった。森山と尾下は岡谷の運転する車で木谷家に到着した。しかし重美の顔を見るなり、尾下は異変に気づいた。ベッドの上の重美は顔色が青く、苦しそうにあえいでいる。パルスオキシメーターで測ると、血中の酸素飽和度が七〇パーセントしかない。

「朝から具合悪そうなんですよ」と夫は言う。

森山は慌てた。正常値は九六パーセント以上だ。この値なら、すぐに救急病院に搬送されてもおかしくない。

「重美さん。ほんとうに楽しみにしていたのに残念ですけど、ドライブは延期したほうがいいかもしれません。とても外出できるレベルじゃないですよ。体調だけ考えたら、すぐにでも病院に行ったほうがいいです」

そう切り出すと、重美は弱々しい息をしながらも気丈に言う。

「大丈夫、大丈夫」

森山と尾下は顔を見合わせた。

「命に関わるような状態ですよ」

と、森山は諭すように言う。

しかし、出かける支度をしていた夫も首を振った。

「六月にも計画していたのに入院して果たせませんでした。今回は何があっても行くつもりでいます。こいつ、言い出したら誰の言うことも聞きませんのや。本人は覚悟をしています。今日は潮干狩りに行きます」

人はいざとなると命を優先したくなる。ここで今回のドライブを見送って静かにしていれば、数時間でも長く生きることができるかもしれない。そう思うと、森山はどうアドバイスしたらいいのか迷ってしまうのだ。必要な救命処置を取るほうが、取らないよりはるかに楽だ。森山はそう感じていた。病院に入院してもらえれば、少なくとも「命は守った」という大義名分は立つし、肩の荷が下りるかもしれない。

尾下は心の中で葛藤していた。

〈もしここで行かないと言い出したらどうしよう。忠告に従うなんて言われたらどうしたらいいの？〉

必死の思いで退院し、残された時間の中で、家族との最後の思い出を作ろうとしている重美の気持ちをくじいてしまったら、自分はいったい何のためにここにいるのだろうとも思うのだ。

看護師たちの逡巡に対し、重美の気持ちは最後まで揺らぐことはなかった。それがスタッフを安堵させた。患者の意志が固いことは看護師にとって救いだった。そして何よりも夫が妻の決断を支えていた。夫には、次の夏には重美がもうここにはいないことがよくわかっていたのだ。

なんとしてでも楽しい思い出にしなければならないと尾下は思う。途中で万が一のことがあったら、いい思い出作りどころではなくなってしまう。

尾下は蓮池に電話して指示を仰いだ。

「蓮池先生、重美さんのご容態なんですが、酸素飽和度は七〇パーセントに落ちています。ご本人はどうしても潮干狩りに行きたいとおっしゃっているんですが……」

蓮池は、尾下に重美と電話を代わるようにと言った。

「重美さん、今の状態ですが、肺炎が進んでいる可能性が高いです。お身体のことを考えれば、入院して治療する必要があります。治療せずにそのままドライブにいらっしゃれば、肺炎が進行して、今日が最後の日になるかもしれませんよ」

蓮池の率直な言葉にも、重美はひるむことはなかった。

「前も潮干狩りに行こうねって言いながら、具合が悪くなって入院してしまいました。もし、今日行くことでそのままになってしまったとしても私は後悔しません」

そこで蓮池は夫にも電話を代わってもらい、意思を確認した。

「肺炎の治療をせずにこのまま行かれると、病状が一気に進行して、今日亡くなられる可能性が高いです。ご主人、本当にそれでも大丈夫ですか？」

夫は静かに決意を述べた。

「京大の先生からは、『次に入院したら、家に帰れない』と言われています。先生、今日しかないんですよ。しゃあない。覚悟はしています」

蓮池は二人の覚悟が固いことを確認すると、次のようにアドバイスした。

「救急病院に行く場合には、まず同行の看護師に相談してください。それから、もし途中で呼吸をしているかわからないほど弱くなってしまったら、救急病院に寄らずに、まっすぐに京都に戻ってきてください」

〈どうか無事に京都に帰ってきてください〉

蓮池はそう祈りながら受話器を置いた。

○七月二六日　五時四五分　看護師　森山文則
五時四五分出発。酸素飽和度七〇パーセント前後。酸素一リットルから二リットルへ増量するも変わらず、意識レベルクリア。

岡谷は、いつもは医療事務を引き受けているので、旅行に同行するのは初めてだった。重美の病状の悪化で、必要だと判断した車いすを積むと、診療所の車のハンドルを握った。彼らは木谷家の車と、重美の姉家族の車に挟まれて三台で移動する。傍目《はため》から見れば仲のいい三家族の日帰り旅行に見えるだろう。しかし、森山と尾下を後ろに乗せてハンドルを握る岡谷は緊張していた。車の後ろには九本の酸素ボンベが積まれていた。これが重美の命をつなぐ。

〈なんとかして楽しい思い出を〉

三人はそう願った。そしてそれは、診療所で待機している渡辺、蓮池両医師や、彼らの仕事を代わって受け持っているスタッフたちも同じだった。

○同日　八時五〇分　看護師　森山文則
　新名神の土山サービスエリアで休憩。酸素飽和度五〇パーセント台。末梢チアノーゼ顕著。酸素を四リットルに増量。意識レベルクリア。引き返すことを再度提案するも「頑張って行く」とのこと。


重美の顔色は真っ青で、一目見て具合が悪そうなのがわかった。

〈なぜ、こんな状態で大丈夫なのだろう?〉

森山は不思議な気持ちだった。

酸素ボンベには三〇〇リットルの酸素が入っている。一分一リットルとして一時間で六〇リットル。一本あれば五時間はもつので、五本あれば十分だと思っていた。しかし、酸素飽和度が極端に低いので、酸素の流量を一分四リットルに増量していた。このままだと酸素ボンベ一本は一時間ほどで使い果たしてしまうことになる。この酸素消費量では夕方までもたない。

森山は、フクダライフテックという福祉器具の業者に電話を入れた。

「患者さんと知多半島まで潮干狩りに来てるんですわ。夜中の〇時まで酸素がもつようにボンベを持ってきてもらいたいんです」

フクダライフテックは在宅酸素療法をサポートする専門業者だ。たしか京都だけではなく、この近くにも営業所があったはずだ。

電話の向こうから、

「今から高速に乗って三時間ぐらいで行きます」

という返事が返ってきた。森山が、

「どこからいらっしゃるんですか？」と尋ねると、

「京都から」

という。

「京都からですか……」

森山は、電話口で頭を下げた。

「ありがとうございます。心細い思いをしていました。本当にありがとうございます」

フクダライフテックでも携帯用のボンベの取り扱いは少なかった。中部本社がストックしていた三分の二にあたる一〇本をかき集めてトランクに載せると南知多までの道をたどった。

酸素飽和度五〇パーセント台というのはすでに命に関わる重篤な状態を示している。医療関係者なら、ほとんどの人が引き返すことを強く勧める状況だった。

○同日　一〇時　看護師　森山文則
湾岸長島パーキングエリアで休憩。酸素飽和度五〇パーセント台。アンペック二〇ミリグラム挿肛。

痰が多いが、意識レベルクリア。ご本人を説得するも「病院には行かない。海で泳ぐという子どもとの約束を果たしたい」。

酸素ボンベは一時間ごとに交換。


車は南知多道路を降りて一般道に入った。車通りはほとんどなく地元の軽トラックや自家用車とすれ違うぐらいで走行はスムーズだ。時折、海辺のリゾート地らしく旅館や食堂の古びた看板は目に入るものの、走っても、走っても、道は続いている。

三人はナビで近くの救急病院をチェックしていた。周りには鄙びた田園風景が広がっている。

「結構あるね」

誰ともなくそう言ってどこまでも変わらない景色を眺めていた。口にはしなかったが、重美の体調が海までもつだろうかという不安を抱えていた。それでも、小さな冗談を岡谷が言って、三人で笑った。

南知多ビーチランドの看板を横目で見ながら、なおも走っていく。するとやがて空の色が一段と明るくなって海の気配がした。海の町特有の低い屋根の連なる家々が途切れると突然視界が開け、目の前にライトブルーの海が広がり、グレーにかすむ水平線がはるか彼方に見える。

「海……見えましたね」

ドライバー役の岡谷が言う。前に走る車では歓声の上がっている頃だろうか。往診車に乗っていた三人は黙って海を眺めていた。

○同日　一二時一〇分　看護師　森山文則
南知多ビーチランドの隣にある海水浴場へ到着。アンペック二〇ミリ挿肛。車中で昼食を取る。
○同日　一三時三〇分～一四時三〇分
潮干狩り。時季外れなのか、いつも獲れるバカガイ、ハマグリ、アサリは獲れず。ヤドカリ三匹、子ガニ、ハマグリ（？）ひとつ。

ビーチは人もまばらで、薄青い海の向こうには中部国際空港セントレアが見える。自動車輸送用のタンカーが水平線の上にぽつりぽつりと浮かんでいた。白い砂浜には穏やかな音を響かせながら、波が打ち寄せている。

娘の麻由佳は水着に着替えると、姉夫婦の子どもたちと一緒に一生懸命浮き輪を膨らませている。しばらくすると、それを抱えて飛び出していった。薄曇りの空は直射日光を遮り、暑すぎもせず、ちょうどいい。子どもたちは砂を掘り始めたが、すでにシーズンは過ぎているのか、ほとんど収獲はなかった。夫も子どもたちと一緒に水しぶきを上げて海へ繰り出し、身体を水に浸した。

尾下はフルフラットにした座席に寝かされている重美に呼ばれたので、枕元に近づいて顔を寄せた。

「私も水着に着替えます。手伝ってくれますか？」

尾下は驚いた。寝ているだけでも苦しいはずだ。看護師としてはここで待っていたほうがいいとアドバイスすべきだろう。しかし重美の真剣な眼差しにほだされて、着替えを手伝うことにした。重美は奇跡的に小康状態を保っている。しかし鼻につないだ酸素もうまく胸に入っていかないようだ。尾下は彼女の身体をいたわりながら水着に着替えさせていく。

重美は、水着に着替えながら父親のことを語り始めた。

「父も同じ病気でした。でも最後は病院で何もできずに終わったんです。……だから、決めたんです。今日はここに来るって」

カーテンの向こうでは、家族が水遊びに興じている頃だろう。麻由佳は母親の深刻な病状をあまりよく理解していない。

時間をかけてやっと着替えさせると、尾下は重美の肩にそっとタオルをかけた。そして、外に待機していた森山を車内に呼び込むと、一緒に重美を車いすに乗せた。

着替えのためにカーテンを閉め切った車からドアを開けて外に出ると日差しが眩しい。尾下は一瞬外の世界が白っぽく見えて、目がくらんだ。潮のにおいがして、波の音とともに子どもたちのはしゃぐ声がする。

麻由佳はもう海の中にいた。

重美がそれを見て微笑《ほほえ》む。尾下は重美の車いすをゆっくりと押した。砂の重さが心地よかった。

「海に入ってみますか？」

「ええ」

車いすはゆっくりと海へと進んでいく。波が足元まで押し寄せた。照り返しを受けて銀色のホイールが光っている。尾下の穿いていたチノパンの裾が濡れた。

夫も姉夫婦も子どもたちも笑いながら重美に向かって手を振った。

麻由佳は、母親のそばに走り寄ると、得意げにやどかりを見せる。

「ほら、見て。ママ」

重美は、麻由佳の頭に手を乗せた。

「麻由佳、ちゃんと水分摂らんとあかんよ」

重美が声をかけると、「うん」と言ってペットボトルに口をつけると、娘はまた駆け出していく。

「見ててー」と麻由佳がバタ足をすると、水しぶきが飛んだ。尾下は重美の満足げな顔を眺めた。時折、重美の意識は混濁したが、ふっと戻ると、彼女の目は子どもたちを探した。岡谷は、「僕ちょっとかき氷買ってきますね」「写真撮りましょうか？」と走り回っている。

追いかけてきた医療器具メーカー、フクダライフテックの臼井は駆けつけると、「車いすであんなところに。すごいなあ」と驚いたように一言漏らした。そして「今日は暑くも寒くもなく、ちょうどいい天気になりましたねぇ」としばらく海を眺めると、酸素ボンベを置いて京都へ戻っていった。

尾下は現実感のない夢の中にいるようだった。重美はしゃんとしていて、弱音を吐くこともなく、苦しいとも言わない。森山と尾下は目の前にいる人の心の強さに励まされていた。

○同日　一七時　看護師　森山文則
まるは食堂にてご家族はお食事。「ここでのお魚は新鮮でとても美味しいので」とのこと。尾下ナースは重美さんと車で待機。


海の見える駐車場で、空も海も夕映えに包まれた。海も、空の淡い水色とオレンジ色が混ざり合った幻想的な光景を映していた。車の中に寝ていた重美は尾下に声をかけた。

「食堂にみんなが行っている間に、手紙を書いてあげようと思って。でも、そういうものを残すべきか迷っているのよね」

しかし、きちんとスケジュールをこなすことができて安心したのか、間もなく重美の体調は悪化する。尾下の腕の中で彼女は急激に力を失っていった。

「重美さん、重美さん。今、ご家族をお呼びしますからね。すぐにいらっしゃいますから、待っていてくださいね」

家族を待つ間、重美は尾下に寄りかかっていた。それまで気丈に振る舞っていた重美の目から初めて涙が落ちた。

「あの子を残して、なんでこんな若さで死ななきゃいけないのかって思うと」

尾下の目頭も熱くなった。自分の腕の中で彼女は逝ってしまおうとしている。尾下はじっと車の外を見ていた。

○同日　看護師　森山文則

けいれん発作あり。呼吸状態悪化。努力呼吸著明、全身チアノーゼ。酸素飽和度四〇パーセントを切ることも。問いかけに反応あいまい。座位になり落ち着かない様子。

心配そうな家族が車へと走り寄ってくる。いったん車の中で家族だけの時間を作り、看護師二人と岡谷は外で待った。

駐車場にはすでに宵闇が迫っている。リゾート地の夜は早い。周囲に人影もなく、閑散としていた。車を動かさずにいたら、ここで看取ることになるだろう。もし、京都へ帰るとすると、車の中で看取る可能性もある。

「どうしましょうか？」

家族にとって一番いい選択とは何だろう。彼らは難しい判断を迫られていた。

しばらくすると、重美が呼んでいると家族が呼びに来た。森山と尾下が車に乗り込むと、意識が混濁する中で重美は「先生、先生……」と二人を呼んだ。

そして、二人をしっかりと見つめると、

「どうかよろしくお願いします」

と伝えた。


「車を動かすとしんどくないですか？」

「どうしよう」

その時、心配げな大人たちに交ざってずっと見守っていた麻由佳が、母親に呼びかけた。

「ママ、おうちに帰ろう。おうちに帰ろうよ」

その言葉に夫は覚悟を決めたようだった。

「そうやな、家に帰ろう。重美」

その時、迷っていた全員の心が固まった。森山は診療所で待機している渡辺と蓮池に連絡を取り、重美の自宅に来てくれるよう要請した。そして、夫にこうアドバイスした。

「ご主人はずっとそばにいてあげてください。麻由佳ちゃんもおかあさんのそばにいて」

森山が運転席に座る。夫は重美を膝に抱えるようにして乗り込んだ。

尾下は、麻由佳にうちわを渡した。

「おかあさんが暑いようならあおいであげてね」

そして尾下も助手席に乗り込んだ。

森山は、ハンドルを握りながら懸命に気持ちを鎮める。

〈おうちに帰ろう、おうちに帰ろう〉

森山は麻由佳の言葉を心の中で反芻《はんすう》しながら、安全運転することだけを心掛けて赤いテールランプが連なる高速道路を京都へと急いだ。

○同日　二一時一〇分　看護師　森山文則
　ご自宅に到着。


夫が重美を抱えて家の中へ急ぐ。

「重美さん、おうちに着きましたよ」

「重美、家に着いたぞ」

ベッドに運ばれた重美を家族が取り囲んだ。

この日、彼女は家族との約束をすべて果たしたのだ。どうしても行きたかった場所へ行き、家族とともに思い出を作り、帰りたかった我が家へ戻ってきた。

渡辺、蓮池両医師も駆けつけたが、その時にはすでに下顎《かがく》呼吸だった。それから数分もしないうちに、重美は旅立っていった。

一日中、ずっと強い妻であり、強い母であり続けた人だった。この日の朝、一緒に潮干狩りに出かけた人が、もういない。

家族の前で冷静にふるまっていた尾下はドアの外に出ると泣いた。同行中、何度も決断を迫られる場面があった。プロとしてどうアドバイスしたらいいのか、迷いながらのドライブだったのだ。しかし、彼女を支えたのは、重美の母親としての強い愛情と、強い意志だった。

看護師が二人で身を清めると、最後はみんなで洗髪をした。尾下が麻由佳に尋ねる。

「ねえ、お母さんにお洋服を選んであげようか？」

麻由佳は迷って、一枚のワンピースを選んできた。それを見て、尾下は思わず声を上げる。

「お母さんに似合いそうね」

それはひまわり柄のワンピースだった。尾下は重美をたった一日しか知らなかったが、きっとこの花のような人だったのだろう。着せると美しい顔によく似合った。

その後、重美の姉が眉を描いた。

「あかん。ちゃんと描かないと怒られそうやわ」

と笑うと、

「ほんまや」

とみんながそこで笑った。


二三時四〇分。葬儀業者が来たので、渡辺西賀茂診療所のスタッフは家族に頭を下げると、家を出ることにした。すると、玄関まで見送りにきた夫はぽつりと言った。

「あんなに長い間、あいつを抱きしめていたことはないですわ。あいつ、逝ってしまうのが早すぎるわ。麻由佳をどうしたらええねん」

と、隣にいた麻由佳を見た。

重美は太陽のような存在だったのだろう。森山も小さな娘を持つ父親だ。思わず涙をにじませる。

最後に、夫は頭を下げてこう言った。

「ずっと人のために生きてきた人生でした。最後の最後になって、人に迷惑かけながら、自分の意志を貫き通しましたわ」

帰り道で、尾下はこう語っている。

「道中何度も、何度も、どういう選択をしたらいいのか決断を迫られました。これでよかったのか、もっとしてあげられたことはなかったのかと、これからもずっと悩んでいくと思います」

そして電子掲示板、サイボウズで状況を発信し続けた森山は、こう言う。

「どうしたらいいのか、迷うことがたくさんありました。たとえば苦痛を取るためのアンペック坐剤も、過剰に入れたら呼吸を抑制してしまうかもしれません。でも、苦しみは取り除いてあげたい。その中でひとつひとつを決断していきました。僕も人間だから、すごく怖いんです。薬を使うか、使わないかは最終的に医師の判断です。でも、そのリスクを知っている医師たちも判断を僕たちに委ねてくれていた。それがありがたかったです。

出会ってまだたったの一日です。それでもご本人とご主人の意志の強さとゆるぎのなさが、僕らを支えてくれました。

この診療所はこういう時、交通費も人件費も患者さんからは取りません。不思議な行為でしょう？　どうしてそこまでやるのだろうと思われますよね。それは一見なんの利益もない行為だと思うかもしれません。でも、この渡辺西賀茂診療所は、それ以上の見えない何かを、患者さんからいっぱいもらってきたんです。

もし、患者さんのために何かをして、それがやりすぎだと言われる職場ならしんどいでしょうね。『なにかあったらどうするの?』『どうしてそこまでするの?』と反発されたら、この仕事はとてもつらいと思います。でも、同僚がたくさんメールをくれて、支えてくれたのがとても嬉しかったです。もしかしたら、これも得たもののひとつだったかもしれません。

おせっかいすることには大変なことがたくさんあります。なにか行動しようと思えば、軋轢《あつれき》もある。でも、得られるものはそれ以上です。それを知っているから動いてしまうのかもしれません」

町屋の板塀が続く上七軒の暗い道を歩きながら、森山は「現実感のない一日でした」と振り返る。

「今の気持ちですか? ありがとうと言いたいです。支えてくれた渡辺西賀茂診療所の渡辺康介先生にも、送り出してくれた村上マネージャーにも。そして、留守を預かってくれたスタッフや、同行してくれた岡谷君や、尾下さんにも。そして、なによりも重美さんとご家族に。実はうちらも楽しかったんですよ。あの海に重美さんとご一緒できて、僕らにとっても忘れられない思い出になりました」

二〇一八年　現在

元ノンフィクションライター

1

二〇一八年九月、私のｉＰｈｏｎｅにメッセージが届いた。

差出人は、渡辺西賀茂診療所の訪問看護師、尾下玲子。以前、在宅医療の取材で世話になった人だ。そこには、「すぐに電話をください」とある。

嫌な予感がした。急ぎの用など、いいことではないことぐらいは見当がつく。しかし、どんなことを聞かされるのか、私には想像もつかなかった。

電話をすると、切羽つまった声が聞こえてきた。

「森山さんにすい臓がんが見つかったんです。なるべく早く京都へ来てくれませんか？　佐々さんを見込んでお願いしたいことがあると」

難しい状況であることは察しがついた。しかし、それだけでは様子がよくわからない。尾下は、とにかく会って話をしたいというばかりだ。いつもの冷静な口調ではなかった。

「情けないんですが、これだけ日常的に看取りをしているのに、友人が病気となると普通じゃいられなくて」

「それは当然ですよ」

森山文則、一九六九年一二月九日生まれ、四八歳。高校生と小学生の二人の娘がいる。出会いは取材がきっかけだったが、今は友達付き合いをしており、たまに東京で学会がある時は、声をかけてくれて、彼の同僚たちと一緒にご飯を食べるような間柄だ。

「呼んでるって、どういうこと？」

聞いたところで要領を得ない。とにかくなるべく早く来いという。そんな病気で、私に用事があるとすれば、私に何かを書けということなのだろうか。だが、何を？　考えると鳥肌が立った。

私の書くものは「死」をテーマにしたものが多く、自然と「死」を題材にする仕事が集まってきていた。賞をいただいたのが、遺体を運ぶ仕事。次に上梓したのが東日本大震災からの復興のノンフィクション。おびただしい数の死を描写してきた。私はそのことに対して、内心、他人に説明しがたいコンプレックスを抱いていた。私は仕事が好きだし、それなりに順調にやってきたつもりだ。しかし一片の曇りもなく、自分の仕事を誇れるかといえば、正直なところそうとも言いきれない。

死をテーマに取材を続ける私は、人の不幸を書くことを生業《なりわい》としたことに、どこかで言いようのない違和感を覚えていた。当たり前のことだが、私も特段不幸が好きなわけではないのだ。

しかし、矛盾するように、死をテーマとする執筆活動をどこかで望んでいる自分もいた。私は不幸を嫌いながら、不幸をのぞき込むのをやめられない。そして、そんな自分自身に倦《う》んでいた。

私は開店休業中だった。うしろめたい気持ちを抱えたまま、無理に仕事をしたのがいけなかったのだろう。表向きはアクセルを踏み続け、内心ではブレーキをかける。そんな葛藤が心のどこかにあった。婦人科系の病気で卵巣を取ったせいもあるのかもしれない。自律神経のバランスを崩し、もう長い間、本を書けなくなっていた。

宮崎駿《はやお》のアニメ映画『紅《くれない》の豚』では、豚になってしまった飛行機乗りが、「飛ばねぇ豚はただの豚だ」と言っていたが、ライターは書いていなければ、ライターですらない。では、何をしていたかといえば、消耗してしまった人生を取り戻すべく、インドやタイなど海外を放浪して、仏教に癒しを求めた。だが、いかんせんノンフィクションを書いてきた人間だ。思考が現実的すぎて、大いなるものに身を委ねることができない。「悟り」も「気づき」も一向に訪れる気配はなかった。年齢も重ねているし、今更、何かを全面的に信じるという態度を取ることができない。特に宗教的な啓示を受けることもなく、結局「俗世」へと戻ってきてしまった。

今はジムに通い、黙々と身体を鍛えている。つまりは活動的な「ひきこもり」。私は誰からも見つからないところで、ひっそりと自分の人生を立て直していた。他人には、ふらふら遊んでいるようにしか見えなかったかもしれないが、本人は必死だった。そうやって人生を治癒している最中に、身体が変わり、味覚が変わり、読む本、人間関係が変わってしまった。心身共に健康を取り戻した私は、もう以前の私ではなかった。

私がどのようなものを書くか知っている人から連絡が来るとしたら、それは死の影を孕《はら》んでいるのではないか。そうであるなら、悪いけれど力になれない。ライターとしての仕事を期待しているのならお門違いだ。もう私には、そういうテーマを扱う気力がないし、いくら自分を奮い立たせようとしても、身体が受けつけない。どうしても言うことを聞いてくれないのだ。

私は、出会ったばかりの頃の森山を思い出していた。彼は渡辺西賀茂診療所に転職して日が浅く、患者との人間関係を作るのに苦心していた。

彼は、人がいいのを見透かされ、当時末期がんを患っていた気の強い老婦人に無理難題を吹っ掛けられていたことがあった。どじょうが食べたいと駄々をこねられ、適当に聞き流しておけばいいものを、冬の京都で、どこに売っているのかわからない、黒くて細長い魚を探しまわっていた。あれを思い出すと頬が緩む。そして同時にもの悲しくなった。あの老婦人もすでに鬼籍に入っている。私がドロップアウトしてからも、森山はずっと患者のために京都の街を駆けずり回っていたのだろう。私と違い、根っから優しい人なのだ。

その夜、私はうまく寝つくことができなかった。

ようやく眠りに落ちたと思ったら雨音がして目が覚めた。部屋はまだ暗い。枕元のスマートフォンを引き寄せて確かめると、四時。まだ夜明け前だ。

今から用意すれば、京都行きの始発に間に合うだろう。

私はタンスから黒いハイネックのセーターを引っ張り出して袖を通すと、スーツケースに数日分の着替えを放り込み、家を後にした。


私の家から京都駅までは三時間。ホームに降りる頃には雨も上がり、薄日が差していた。

何度ここに来ただろう。たいていは患者の誰かが危篤で、私は森山たちに看取りの現場に連れていってもらった。

駅に着いた途端に、反射的に仕事のスイッチが入り、どこかで身構える自分がいる。

改札を抜けると、見慣れた顔が二つ。いつもの笑みをたたえた森山と、その同僚の尾下だ。

私の顔を見ると、森山は「よっ」という感じで、手を軽くあげた。

「なんだ、元気じゃない」

思わずそう声に出すと、これ以上はないほどの笑顔を作ってみせた。とにかく事情がわからない。不吉な予感が本物にならないように、それらを無視することが必要だったし、そうしなければならないと思ったのだ。自分でも不自然なほど、明るさを装って手を振り続けながら、彼らの顔を見る。きっと何もかも私の思い過ごしで、それほど深刻でないに違いない。

だが、尾下の顔には憔悴した表情が見てとれて、私は笑みを顔に貼りつけたまま身体をこわばらせた。

これから、彼らから聞きたくない事実を聞かされるのだろう。病み上がりの私には酷な話だった。

2

「近くに車が停めてあるんですよ」と森山は言った。私たち三人は、ぎこちなく天気の話などをしながら、彼の水色の車に乗り込んだ。誰も本題に入らない。私もあえて聞く気にはなれなかった。このまま当たり障りのない話をしながら、近所をぐるっと一周ドライブして、ああ、楽しかったと言って別れたい気分だ。

車は郊外へと向かった。土地勘のない私はどこへ連れていかれるのかわからない。

森山が病気だというほかは以前と何も変わらない三人だった。

車の中では小さく浜田省吾の曲がかかっていた。

「ハマショー。懐かしい。よく森山さんの往診車で聴かせてもらった。今もかけてるんですね」

「私にとっては永遠のハマショーですよ」

森山は胸を張った。私と尾下はそこで笑う。彼らの車に乗せてもらうたびに、大学時代に、友人たちとドライブに行ったことを思い出す。森山は同世代で、音楽体験も似ていた。訪問看護に行き、夜にお腹が空けば、京都の街を流して、ラーメンを食べに行く。まるで大学時代のサークル活動のようだった。仲良くしていた患者が亡くなった夜も、きちんと空腹になり、私たちはこうやってドライブをし、夜食を摂ったものだ。

車窓にはのどかな田園風景が広がっていた。

「ねえ、佐々さんは山と海、どちらが好きですか？」

森山は、藪から棒に私に尋ねた。

なぜそんなことを聞かれるのかわからないまま、私は答える。

「海ですね。私は何度も引っ越しているんだけど、いつもなぜか海のそばでした。あんまり山に住んだ経験がないの。だから海。窓を開けて、海が見えると安心する」

彼は、私の返答にうなずくとこう言った。

「僕は山ですね。高校時代も山岳部で」

改めて見ると、よく着ているフリースは登山用のものだ。

「なんでだろう、海は怖いんです」

「え？　もしかして、森山さん、泳げないとか？」

私が冗談めかして笑うと、森山はまじめな顔になって、しばらく何かを考え込んでいた。

「僕の生まれ育った家のすぐ近くにも海があったんですよ。日立の海です。沖に出たら最後、何にもないし、誰もいない。太平洋ですから、アメリカにたどり着くまで、ただ海が広がっているだけ。小さい頃、それがすごく怖かったんです」

ひたすら何もない紺碧の海原が広がっていて、森山がひとりぼっちで沖に向かって泳ぐところを想像してみた。

つかまるところもなければ、船さえ一艘も浮かんでいない、誰も助けに来ることもない、果てしなく広がる蒼い海原。美しくて、ひどく孤独だった。

私を呼んだ理由が知らされず、私も聞かないまま時間は過ぎていく。車に揺られていると、前方に小浜《おばま》市という標識が見えた。しばらくすると車は坂道を登り始めた。

道には、「エンゼルライン」という名がついていた。林の向こうにはちらちらと海が見え、水面にはいかだが浮かんでいた。車通りはまったくない。乗っている車のエンジンが、小さくうなっている。

話のきっかけを作ったのは森山だ。音楽をビリー・ジョエルに替えたのだ。

私は思わず声を上げた。

「懐かしい。私ね、最初に買ったアルバムがこれなんです。たぶん中学生の頃。初恋の大好きな人がいて、ビリー・ジョエルを聞くたびに苦しくて。なんであの頃って、たかが恋愛ぐらいで死にそうな気持ちになったんでしょうね」

森山が相槌を打つ。

記憶に残っているよりずっと澄んだ声で、ビリー・ジョエルが歌っている。

不意打ちのように、懐かしさがこみあげてきた。

「森山さんは、どんな人が好きだったんですか？」

「僕ですか。高校生の頃、バレーボール部のキャプテンの女の子が好きでね。でも、教育実習に来た大学生と付き合うっていうんですよ」

「それは、またショックですね」

「僕は男らしく、その大学生と向かい合って、『彼女を絶対に幸せにしてくれ』と言ってやりましたよ」

私と尾下はケラケラと笑った。

「森山さん、男らしい」

場の空気が温まった。しばらくの沈黙のあと、私が口を開いた。

「森山さん……。森山さんは、がんなんですか？」

後ろの座席で固唾《かたず》を吞む尾下の気配がする。

「あれは、八月のことでした。咳が止まらないんだよね。最初は風邪かなと思ったんだけど、声がかすれているし、痰も絡む。それで病院へ行くんだけど、原因がわからない。しばらくしたら治るだろうと思ったんですが、どうも調子が悪い。最初は結核かな、と思ったんです」

運転している森山の横顔を見た。

「CTスキャンを撮ったんですよ。僕も一応医療の専門家ですから、それを見たら一瞬で、わかったんです。肺が真っ白でね。ああ、がんなんだと。でも、そこからが難しかったんです。どこから転移して肺に来たのか、原発がどこにあるのか、なかなかわからなかった。すい臓からだとわかったのは、それから二週間後でした」

「それって、ステージで言うとどれぐらいなんですか」

「一番重いステージⅣ。でも、転移していれば、どんな状態でもステージⅣなんですよ。僕も看護の専門家ですからわかります。予後は短ければ半年。手術もできませんでした」

予後とは、俗にいう余命のことだ。しかし、彼はこう続けた。

「でも、どうなるかなんてわからないでしょう？」

私は小さくうなずいた。そして、次の言葉を待っていた。彼は他の患者にするように死について語りだすのだろうか。どうやって残された日々を過ごすかについて、どのような心境で死を受け入れればいいかについて。そして知恵の言葉を授けてくれるのだろうか。それは、どう考えても理不尽なことに思えた。一方でどんどん冷静になっていく自分もいる。

身体と心が異常事態に備えて緊張し、傷つかないように心が閉じていく。

視界が開けて海が見えた。道は久須夜《くすや》ヶ岳《たけ》の山頂に続き、眼下には真珠いかだの並ぶ小浜湾が見える。遠くには深い青色をした日本海が広がっていた。光の帯が一筋海の中に落ちて、きらきらと光っている。宗教画のようだった。

彼の口からこぼれた言葉は前向きなものだった。

「僕はあきらめていませんよ」

私は、少し振り向いて尾下の顔を見た。尾下は目でうなずく。

それは、私の知っている森山の姿とは違っていた。

いつもの彼なら、患者が死を受け入れられるようにと寄り添う場面だろう。

森山の仕事は、患者が死を受容できるように心を砕き、残された時間を後悔のないように生きるよう導くことだった。彼はすでに自分が終末期に近づきつつあることを、わかっているはずだ。しかし、彼の口からはこんな言葉が漏れた。

「僕は生きることを考えてます」

私はどこかで遺言めいたものを聞かされるのだろうと覚悟していた。しかし彼は、死について語るつもりなど毛頭なかった。死ぬ覚悟を決めたわけでも、人生の総括として何かを言い残すつもりも一切なかった。彼を知る者なら意外に思っただろう。死を受け入れ、準備期間を大切にしてもらうことを仕事のひとつとして担っていた彼が、長い間、仕事の相棒であった尾下の前で、死を受け入れることを、きっぱりと拒んで見せたのだ。

身構えていた私の身体から、力が抜けていくのがわかる。

車は展望台の駐車場に入った。そこで私たち三人は、車を降りて外に出た。耳をかすめて、ぼうぼうと海風が吹く音がする。

森山は私の前では、徹頭徹尾「看護師」だった。ラーメンを食べている時も、往診車に乗っている時も、看護師の森山であり、職業が服を着て歩いているような人だった。まだ明けきらぬ早朝にも、人が寝静まった深夜にも、率先して患者のために駆けつけるハードワーカーである。彼もまた、多くの情熱ある看護師たちと同じように、その仕事を自らのアイデンティティとしていた。森山なら宇宙飛行士のような冷静さで、自分の予後を予測し、その中で、治る可能性を模索するものだと思っていた。その役割を脱ぎ捨てて、無防備に、無垢に、生きることに執着する森山がそこにいた。

彼はいつもの雰囲気と違って自由だった。その姿が取材で出会った在宅の患者たちを思い出させた。

在宅医療の取材ではユニークな生き方をしている患者に出会うことも多い。病人らしく生きることを拒否した、ある種の自由奔放さを持っている人たちだ。

私が在宅医療の取材を始めたのは、だいぶ前のことだ。しかし、在宅医療の専門家から「家で過ごすというのは、素晴らしいことです」と何度聞かされても、難しさばかりに目が行ってしまい、どう書き進めていいのかわからなかった。

とりわけ狭い家の中での近すぎる人間関係が煩わしかった。本人の意思のほか、家族や、医師、看護師、ヘルパーなど、さまざまな職種の人の感情が交錯するのを見てしまうと、核家族で育った私には、とても無理だろうと思えたのだ。家族の誰もが働かなければ生活が成り立っていかない昨今、家に病人を抱えることがどれだけ負担なのかを考えると、手放しで在宅医療を素晴らしいとも言えない。取材はさせてもらったものの、結局、それは本にならずに宙ぶらりんのままで放ってあった。

しかし、私はこの時、森山の変貌ぶりを目の当たりにして、「患者」という立場に閉じ込められない、ある種の自由さが懐かしくなった。彼らは、病に冒されながらも、ただ寝ていることを拒否し、生きたいように生きた。その自由は、周囲に迷惑をかけず、わがままを言わないことが美徳とされた我々にとって、時に疎ましく、また、うらやましい種類のものだった。私には手に入りっこないとあきらめてきた自由だったのだ。

医師に同行し、自分も医師の視点で見てしまうから、つい彼らを病人という枠で捉えてしまう。しかし、病気はあくまでその人たちの一部に過ぎない。

森山は、看護師という役割から降りて、素の自分を私に見せてくれた。それは、職業で病と向き合っている時とは、やはりだいぶ違っていた。

「身体が変わったら、自分自身も変わってしまったんですよ」

その感じは私にも理解できる。身体が変われば、考え方も変わる。私たちは病をきっかけに、生き方が変わってしまった者同士だった。

「予後を気にして生きていたら、それだけの人生になってしまう。僕は僕自身であって、『がん患者』という名前の人間ではない。病気は僕の一部分でしかないのに、がんの治療にばかり目を向けていたら、がんのことばかりを気にする人生を送ることになってしまう。闘うのではない。根治を願うのでもない。無視するのでもない。がんに感謝しながら、普段はがんを忘れ、日常生活という、僕の『人生』を生きていきたいんです」

彼は慣れた手つきで大勢の死を扱う、いつもの森山ではなかった。職業人としての建前を手放したようにみえた。しかし、彼は、話の終わりにこうも付け加えたのだ。

「でもね、僕は在宅看護をやっていて本当によかった。患者さんたちが、僕に教えてくれたことがたくさんあります。彼らは見せてくれたんですよ。途中つらいところを通ったとしても、最後はみな、穏やかに笑いながら逝くんです」

話していると、森山に連れられて京都の家々を巡った記憶があふれだすようによみがえってくる。

二〇一三年　その2

桜の園の愛しい我が家

1

最期まで過ごしたい「家」とはいったいどういうものだろうか。ひょっとすると家を出ないかぎり、その素晴らしさはよくわからないのかもしれない。在宅医療の取材を始めることになって、私は時々、考え込んでしまうのだ。子どもの頃はサラリーマンだった転勤族の父について転居を繰り返し、結婚してからもやはり転勤族の夫について転居を繰り返した。だから、私には故郷がどういうものか、よくわからない。

引っ越しの時、泣いて別れを惜しんだ友人とは、今生ではもう二度と会えない生き別れのようになってしまっているし、誰が恋しかったのかも、今となってはよく思い出せない。息子たちにも同じ思いをさせた。親友と呼び合うような友人との別れを何度も経験した子たちは、自分の家をどう思っているのだろう。相次ぐ震災で故郷を離れるのを悲しむ人を見て、私には決定的に何かが欠落しているような気がしている。もし、今住んでいる家を離れたら、家について、少しはわかるようになるだろうか。

中学一年生の英語の授業で、「家」という単語は二種類あるのだと教わった。「home」、そして「house」だ。ホームは概念としての「我が家」、そして、ハウスは器としての「家」。アットホームとか、ホームグラウンドという言葉があるように、ホームは安全で安心な、最後に帰るべき場所なのだろう。だが、途方に暮れてしまうのだ。私は、この世のどこかにホームというものを持っているだろうか。これほど家に愛着のない私が、最期まで家で過ごしたいと思っている在宅患者のことを取材するなど間違っているという気がしてならない。

家は私にとって職場であり、戦場だ。おちおち寝込んでなどいられない。夫に介護してもらう？ 息子たち、あるいはその配偶者に下の世話をしてもらう？ とんでもない。想像するだけでごめんだという気持ちになる。残念ながら、私には彼らの表情が読めてしまう。病院にいて、ビジネスライクに看護師に面倒を見てもらうほうが、どれだけ楽かわからない。取材が始まった頃、私は四〇代。ようやく仕事で外に出られるようになったばかりだった。家事育児はひとりでやるしかなかった私にとって、子どもたちが学校や友人関係で忙しくなってしまえば、家は縛りつけられるところでしかなく、「家にいたい」という人の気持ちがよく理解できなかった。息子たち二人はやがて私のもとから巣立っていくだろう。それが彼らにとって普通のことだと思っていた。子どもが自立し、夫が単身赴任している今、私にとって「家」とは空の巣であり、夢の跡であり、脱け殻である。私のような男女雇用機会均等法の施行以降に社会に出た人間であっても、役割がさほど変わるわけではなく、それこそ親の世代の家族の葛藤をいまだに引きずっている。

「在宅医療は素晴らしいですよ」と聞かされて、京都に来てみたものの、こんな気持ちのままだったので、その素晴らしさをどれだけ見せつけられても一向にピンと来ず、往診の車に揺られている。とはいえ、とてもではないが、「在宅ってあんまり惹かれないんですよ」とは言えない。私は、もやもやとしたものを抱えながら、彼らの言うことを理解しようとしていた。

私には寝たきりの母がいた。瞼《まぶた》しか動かせず、その日常のすべてを父に委ねていた。人ひとりが生きるのは容易ではなかった。彼女の状態は「閉じ込め症候群」と呼ばれている。母の意思を私は知ることができない。だが、そんな身体になって夫に面倒を見てもらうのが本意でないことだけは確かだ。

訪問看護師たちに聞いてみる。

「家で看取られたいですか？」

たいていの看護師は、その質問にびっくりすると、苦笑いして言葉を詰まらせたあと、きまり悪そうに「こんな仕事しているけど、病院でいいわ」と言う。

中には「私は、姨捨山に捨ててもらうのが理想ですね」と答える人までいる。専門職ですら難しさを感じているのだから、やはり家で病人が過ごすのはハードルが高いことなのだ。しかも、そのハードルというのは、心理的な側面が大きそうだ。家族への負担は小さくない。たとえ、医療や介護のチームのサポートが入ったとしても、家族を家に縛りつけることになるなら病院のほうがいい、というのが、在宅医療を手放しで賞賛することのできない、私の偽らざる感想だった。

2

京大病院を辞めたばかりの蓮池史画《はすいけしが》は週に一度、渡辺西賀茂診療所でアルバイトをしている。彼は、緩和ケアの専門医だ。看護師たちの話によると、熱望されてこの診療所にやって来たという。蓮池の緩和治療はてきめんに効くと、患者たちに評判がいい。

緩和ケアとは、身体の痛みや不快症状を緩和することを言うのだが、総合病院の案内板でしか見かけたことのないこの言葉がいったい何を意味するのか、私は恥ずかしながら、蓮池に会うまで知らなかった。

在宅医療、特に終末期において緩和ケアはとても大事なものだ。在宅でがん患者が療養する場合、もっとも不安なのは痛みなのではないだろうか。私の祖父は二人ともがんで亡くなったが、痛みはとても激しかったと聞いており、いまだにがんが痛い病気だというイメージを持っている。母方の祖父は、痛みに耐えかねて、最後はメモ帳に、「安楽死、安楽死」とミミズの言ったような文字を書き残していた。

だが今は医学の進歩により、昔より遥かに痛みをコントロールできるようになったそうで、痛みを抑えながら家で過ごすことは十分に可能だという。それは、二人に一人ががんになる時代、私たちにとっての朗報である。

がんなどの病気は、進行するにつれて、痛みや嘔気、息苦しさ、倦怠感などつらい症状が増えてくる。しかし蓮池によると、その症状を緩和する薬の種類・用量は、個人により大きく異なるのだという。

もし現れた症状が痛みであれば、いつからどこにどんな痛みがあるのか、その痛みが弱くなったり強くなったりする要因は何かなどを聞き、ＣＴやレントゲンを撮っていれば、それで原因を確認する。

痛み止めが必要なら、本人の薬に対する受け止め方や、嚥下《えんげ》機能、生活サイクル、サポートしてくれる人の有無、薬の副作用を考慮して、最適と思われるものを投与する。そして、その効果を見ながら、刻一刻と変わっていく症状に合わせて、痛みが生活に支障をきたさないように微調整するのだ。「痛み」とは、それほどまでにデリケートなものなのだ。

「医者のさじ加減」と言うが、緩和ケアの分野では、この、きめ細かな対応が患者の生活の質を左右する。しかし、そこまできちんと個人ごとの痛みに向き合ってくれる医師が、どれほどいるだろうか。

蓮池は、「痛みは、ほとんどの場合きちんとコントロールできます」と自信をのぞかせた。その一方で「症状緩和は、僕にとってひとつの手段に過ぎないんです」とも言う。

「つらい症状であっても家で緩和することができる。そのことがわかって初めて患者さんやご家族は、家で過ごすか、入院するかの選択が、冷静に、安心してできるようになります。そこで、ようやく僕ら主治医は、本人がやっておきたいことは何かを、本音で話してもらえるようになる。もし、その方が終末期にあるなら、僕らはご家族や大切な人とのお別れをそっとサポートしてさしあげることができるし、患者さんは、遺された人に必要以上の悲しみを残さないようにしっかりとお別れができるんです」

日本の緩和ケアはまだ遅れているのが現状だ。痛みのケアは、私たちの生活の質にかなり影響を与えると思うのだが、なぜなのだろう。

この問いに、二〇一三年当時、ある医療関係者はこう漏らした。「大学では内科、外科、循環器科と専門の科がそれぞれ決まっていて、それぞれの教授がつく。彼らは専門の科に縛られて、痛みを取ることにまで、なかなか手が回らない。大学の中でもヒエラルキーがあり、緩和ケアは低く見られがちなんです。医者は患部を治すことにしか興味がない人が多い」

目の前で痛みを訴える人を見たら、何とかしたいと考えるのが人情だと思うのだが、なぜ無関心でいられるのだろうか。その点について関係者は「医者はそういう生き物だとしかと言葉を濁す。その頃、緩和ケアをきちんと施している病院はさほど多くなかった。病院によってはいまだに薬をうまく使えない医師ばかりという場合もあるという。そういう意味では、蓮池のような熱意ある医師に出会えたのは、私にとっても幸運だったのだろう。

私は蓮池にこんな素朴な疑問をぶつけた。

「モルヒネを使うんですよね。ちょっと怖いです。頭がぼんやりしたり、麻薬中毒のようになったりというイメージがありますね」

「佐々さんがそうおっしゃるなら、世間でもまだまだ誤解が多いんでしょうね。そんなことはありません。しっかり使ってあげて、意識を清明に保つことは十分可能なんですよ。薬の使い方ですが、こればかりは経験がものを言う。使い慣れていない医師は、事故が怖くて中途半端にしか使えないから、痛みは取れずに、便秘などの副作用だけが、かえってひどくなってしまうこともある」

「大きな病院なら痛みをちゃんと取ってもらえますか？」

「それがそうとも言えません。大学病院でも事情は同じです。いい医者に出会うか、出会わないかが、患者の幸福を左右しますね」

この頃、全国の医師に対して緩和ケアの知識を高めようとする運動が起きていた。日本では欧米に比べるとモルヒネの使用量が際立って少ないのが実情だ。日本人は我慢強い。今でも多くの人が耐えがたい痛みに苦しんでいるという。しかも、多くの人は、緩和治療が始まると、死が近づいているのではないかと不安になる。だが、緩和治療はよりよく生きるための方策である。

近代ホスピスの創始者といわれるシシリー・ソンダースの分類によると、痛みには大きくわけて四つの種類がある。身体的な痛み、精神的な痛み、社会的な痛み、そしてスピリチュアル・ペインである。身体的な痛みについては説明する必要はないだろう。物心ついた時からおなじみの、転んだり、熱を出したりした時に感じる身体の直接的な痛みだ。息苦しさやだるさなどもこれに当たる。精神的な痛みとは、不安や恐怖、怒りや鬱《うつ》などの心の痛みを指す。社会的な痛みとは、仕事を辞めざるを得なかったり、家庭内に問題が起きることによって、社会的に孤立したり、経済的に困窮したりすることによる痛みである。人はつながりの中で生きている動物なので、それらを奪われると苦痛を伴うという。それも納得できる。

この中で気になるのは、スピリチュアル・ペインである。スピリチュアル・ペインとは直訳すると「魂の痛み」「霊的な痛み」である。日本語にぴったりな表現がないため、英語をそのまま使っている場合が多い。これは、「自分の人生の意味はいったい何だったんだろう」と考えたり、自分の存在が無に帰することを想像して絶望してしまうことなどを意味し、感情よりもっと奥深くにある、魂の苦しみととらえられている。精神的な痛みは、生きていく上での人生の一部についての心の痛みだが、スピリチュアル・ペインは自分の人生全体の意味がわからないという苦しみである。

私のように、日頃から人の話を聞く仕事をしていれば、そういう痛みを人から告白されることも多く、どこか馴染み深いと思えるものなのだが、当の本人たちは「霊的な痛み」を抱えているとは意識していないことが多い。知らないうちに抱え持ってしまう痛みなのかもしれない。

蓮池に、この分類についてどう思うか聞いてみると、次のような答えが返ってきた。

「僕にはこういう分類はあまりよくわかりません。どこからがスピリチュアルで、どこからが身体の痛みか単純に分けられるものではないし」

彼はこう言ってから、頭の中で整理している様子でしばらく考えると、こうつけ加えた。

「痛みについてはいろいろな考え方があって、本当に人それぞれなんですよ。僕は痛みが取れるに越したことはないと思っていますが、医者の中にはすべての痛みを取らないほうがいいと唱える人もいます。彼らによると、身体の痛みを取ると人間はスピリチュアルな痛みに耐えられないと言うんですね。

自分の経験では、痛みなどのつらい症状で思うように動けなかったり気分が落ち込んだりするから、死の恐怖や、何のために生きてきたのか、という疑問が浮かびやすくなるのではないかと思うんです。

でも、今まで関わった千人以上の患者さんのうち、数人の方は身体の症状がほぼない中で、人生の意味を突きつめて考えて、苦しんでいたんです。それは本当にスピリチュアル・ペインなのだろうと思いました。

その方たちとは話ができる時に、自分の今までの経験や考えをすべてぶつけるつもりで向き合う時間をもちました。しかし、その苦しみが緩和されたかどうかは、今でもわからないんです。うまく対応できた実感がないので、スピリチュアル・ペインがわからない、と思うのかもしれませんね。

身体の痛みにしても、我慢する方は結構いらっしゃいます。主に年配の方に多いですね。痛いと言ってはいけないと、小さい頃から教育されているのでしょう。『きちんと痛みを取りますよ』と言っても、なぜか我慢をしてしまう。貴重な時間なんですから、痛みを取って、思いを残さないようにいろいろなことをやったほうがいいと思うのですが」

しかし、もちろん強い薬であれば副作用も伴う。その副作用と痛みとの兼ね合いなのだろう。

彼は思い出すようにこう付け加えた。

「それから、運命と取引する方もいらっしゃいます。『これだけの痛みに耐えているのだから、きっと神様は治してくれる』とどこかで考えているんですね。耐えると何かいいことが起こると思うのでしょう。泥水みたいなもので何万円もするものを飲んだりもする。そんなことをしなくても、僕は痛みを取って、限られた時間をどう有益に過ごすかを考えるほうがずっといいと思うんですが」

この日、渡辺、蓮池両医師と訪問したのは、篠崎俊彦という六一歳の男性だ。すい臓がんで京大病院に通い、化学療法を受けていた。ところが二月頃に突然腫瘍マーカーが上昇し、疼痛もひどくなった。そこで家で緩和ケアをしながら治療を続けていくことになった。

蓮池の見立てによると、彼の残り時間は二週間から四週間。私が訪問した四月には、とても穏やかな顔をして出迎えてくれた。

ダンガリーシャツを着て、ひげをたくわえた篠崎は芸術家のように見える。部屋には、大量のＣＤやカセット、音響機材や録音機が置かれ、壁にはギターが何本も吊り下げられていた。夫婦の大きなベッドがふたつ置かれており、窓際の本棚には、『こころのチキンスープ』、そして『聖書』などが並んでいる。家はログハウス風にしつらえられた郊外の一軒家なのだが、庭に面した、大きな木枠の窓からは、庭に続く山林に咲き誇る桜が見えた。風もないのに、降りしきる花びらがみごとだ。まるでどこかの保養地にでも逗留しているような気分になる。

壁には妻と肩を組んだ仲睦まじい写真や、子どもたちの写真が飾られている。華美なところはないが、とても居心地のいい家だった。妻の美津子は明るい人で、夫とおそろいのダンガリーシャツを着ていた。日本の夫婦というよりは、アメリカのホームドラマにでも出てきそうなカップルだ。

彼女はこう語る。

「最初は私が在宅で看るなんて、とてもできないと思っていました。まったく自信もなかったんです。でも、主人は家が好きな人だったし、一緒に家で過ごしたいという思いが強かったので、ホスピスではなく家を選択しました。京大でお世話になった蓮池先生が、在宅医もされていると聞いて、どうしても先生に診てもらいたいと、無理を言って主治医になってもらったんです」

緩和ケアに移行した頃は、篠崎の体調が悪く、美津子は納得のいくまで森山ら看護師を質問攻めにしたこともあったようだ。しかし主治医が蓮池に替わり、緩和治療が効いて、痛みが引いてくるにしたがって、夫婦の表情はみるみる穏やかになった。

篠崎を担当している森山は言う。

「篠崎さんは、何か心に決めたところがあったようです。不安や苦しみを口にすることがなくなりました」

森山が何度も訪問するうち美津子も明るい表情を見せるようになっていき、こんな話を聞かせてくれた。

「馴れ初めですか？　私ね、ずっと祈ってたんです。包容力があって、すべてにおいて私より大きな人に出会えますようにって。この人が現れて、付き合っているうちにどんどん惹かれていったんです」

篠崎は照れ笑いをすると、こう返した。

「いえいえ、本当は僕が惚れちゃったんですよ」

二人が結婚を意識した頃、篠崎は大きな事故で傷を負い、失意の中で一度は結婚をあきらめたという。しかし、障害を乗り越えて結婚し、彼の人生は変わった。

「再び働き始めてからは、走るようにして家に帰るのが日課となりました」

学校から早く戻っていた大学生の息子が、部屋の外からこうつけ加えた。

「二人は仲が良くて、子どもの前でもよくハグしていたんですよ。小さかった僕が『僕も入れて』って入っていって、三人で押しくらまんじゅうみたいになっちゃって。昔から仲のいい両親でした」

これほどお互いを必要としている家族にとって、近づいてくる別れはつらいだろう。だが、誰も暗い顔をしてはいなかった。渡辺は彼らのやりとりをうなずいて聞いていたが、帰りの車の中で、私にこんなことを言った。

「キリスト教徒の家はやはり違いますね。何かを信じているというのはとても大きなことだと思います。日本人はたいてい無宗教でしょう？　たいてい揺れはります。佐々さんは、エリザベス・キューブラー・ロスの受容の五段階を知ってますか？」

「死が近づいてくると、たいていの人はまず否認をする。次に、怒り、取引の感情がきて、抑《よく》鬱《うつ》、そして受容という段階をたどるという説ですね」

オシャレにカットした白いひげを生やした渡辺は、小さく首を振った。

「全然そうはなりません。受容まで至る人はほんのわずかです。今日受容したなと思ったら、次の日には否認していますからね。まあ、人間というのは最期まで迷うものなのでしょう。でも精神的な後ろ盾のある人は、やはりどこか雰囲気が違っています。

もっとも、篠崎さんのようなご夫婦はめったにおられません。あれほど仲のいい家族は百組に一組ぐらいじゃないでしょうか。人は病気になってから変わるというのはなかなかありません。たいていは生きてきたように死ぬんですよ。篠崎さんはきっと元気な頃から家族を大事にされていたんでしょうなあ」

半分開けた車の窓から桜の花びらが舞い込んできた。京都は花盛りだ。

ある日、篠崎家でハープの演奏会が開かれることになった。それを企画したのが森山だった。

渡辺西賀茂診療所には、週に一度、ハープ奏者の池田千鶴子が教えにきていた。そこで彼女にこの家でホームコンサートを開いてもらおうということになったのだ。

妻はそれを聞くと、ぱっと華やいだ顔になり、「まあ、夢みたい！」と声を上げた。

篠崎もまた、そんな妻の様子を見ると満足そうにうなずき、こう続けた。

「最近、痛みがないんですよ。食欲も増してきました。声も戻って、張りが出てきました」

その明るさに、私たちは救われた。篠崎は、そこにいる人たちを愉しませ、笑わせることに力を注いでいた。痛みが取れたことで本来の姿に戻ったのだろう。蓮池の治療の効果が目に見える形で表れていた。

当日は、手の空いている職員たちが集まってきた。渡辺、看護師五人、ケアマネージャー。森山は、自分の妻と小さい娘二人も連れてきた。いつもは、プライベートなことを後回しにする彼にとっては珍しいことだった。

池田の奏でるアヴェ・マリアが、満開の桜の庭に響いた。庭には、篠崎が日曜大工で作ったという板張りのデッキがある。そこに置かれた古い木馬は、彼が子どもたちのために作ったものだ。庭には小さな花々が植えられ、やはり木製の看板があった。木彫りで、「Sharing House」とある。たくさんの人が集うようにと願って、篠崎がそこに立てたものだ。

篠崎の腕に妻がそっと腕を絡ませる。私たちは庭に降る花びらを眺めていた。演奏のあと、お茶菓子が振る舞われ、みなが笑い合って談笑した。何を話したのかはよく覚えていない。ただ、妻が篠崎に絡めた腕をぎゅっと抱き寄せて、嬉しそうに「この人が大好きなんですよ」と語ったのを覚えている。

幸福とは何だろう。家族とは何だろうか。そんなことを考える時には、今も彼らの姿を思い出す。誰にでも手に入るようでいて、実は手に入れるのが難しい幸せの青い鳥。それが、この家族のもとには確かにいた。病を得た人と、もうすぐ愛する人を失う人。桜を散らす、やわらかな風に吹かれて、置かれた運命と幸福に相関関係などないと知る。少なくともそのひと時、彼らがもっとも幸福な人たちに私には思えた。

それからのち、篠崎の症状は刻々と変わっていった。嘔気、軽いせん妄、舌カンジダ。その対応に、医師、看護師が訪れる日々が続いた。足に浮腫《むくみ》も出てきて、看護師は足浴、アロママッサージなどを施した。やがて篠崎が傾眠状態になると、妻はこのまま話せなくなるのではないかと心配そうにしていた。

この頃、渡辺は院内専用掲示板サイボウズにこう記している。

○訪問回数が多くなってきました。一日一日をではなく、一時間一時間を大切にしてほしいですね。

四月二九日。蓮池の往診に私も同行した。彼は診察を済ませると、夫婦を前にして、こう切り出した。

「篠崎さんは、ご自分の身体の状態をどう思っていらっしゃいますか？」

篠崎は、蓮池の顔をじっと見つめた。隣の部屋には大学生の息子がいて、コーヒーを飲んでいる。

「篠崎さん。あと、どのぐらい普通にお話しになれるか、お知りになりたいのなら、お伝えすることはできます。ご家族と大事なお話もあるでしょうし……」

篠崎はふっと私のほうに視線を寄越し、また蓮池に向き直った。彼の瞳は穏やかで、何もかも知っているよ、というような深い色をしていた。

「いずれお尋ねすることもあるかもしれません。でも、今は淡々と生活したいんです。息子に恰好いい親父の姿を見せたいですしね。こんな状態でも、人生捨てたもんじゃないというところを伝えたいしね」

蓮池はじっと篠崎を見つめた。

篠崎は続けた。

「みなさんにお会いしたのは偶然ではなく、必然だったのだと感じています。この出会いに感謝しているんです。深刻にならずに、楽しく、明るく笑っていていてほしい」

隣で夫の言葉をじっと聞いていた妻が思わず涙ぐんだ。

「……ごめんね。泣いちゃった。楽しく、楽しくね」

「そうそう、楽しく、楽しく。それに僕がこの中で一番長生きすることだってあるかもしれないしね。人生何があるかわからないでしょう?」

蓮池は、その言葉に何度も深くうなずいた。

隣の部屋にいた息子が、いつの間にか部屋の入り口に立ってじっと聞いていた。


この時のことについて後に蓮池はこう語っている。

「大切な人とお別れするまで、あとどれくらい時間があるか知りたい人も知りたくない人もいます。状態が変化してからの篠崎さんを見ていて、知りたい気持ちと、知りたくない気持ちの両方を感じとりました。あの日はご本人も奥様も気分が落ち着いていたので『お伝えすることはできます』とお話ししました。

『お伝えすることはできます』自体お別れが近いことのメッセージですから、患者さんの性格や状態によっては患者さん本人には伝えず、ご家族にのみお話しすることもあるんです。逆にご本人から『あと何日生きられるか教えてください』と聞かれても、ご本人は、本当は知りたくないこともある。残り時間の話は慎重になりますね。やはり私たちと患者さん、ご家族との十分な信頼関係がないとできないことです」

○五月二日　奥村ゆかり

マッサージをしている間、篠崎さんはうとうとされていたので、奥さんと話をさせていただきました。

「子育てしている時は一番いい時だと思うけれど、私には今が一番いい時かも。こんなに主人の近くにいて、触れていられるんだもの」と。

マッサージ後、篠崎さんもしっかり覚醒され、子育ての話をしましたが、

「うちにもまだまだ心配しなければならない子が二人いる。良い子に育つようにお互い頑張りましょうね」と笑顔で見送ってくださいました。

その後、篠崎の呼吸は弱くなり、眠っていることが多くなった。篠崎には、社会人の長男と、大学生の次男、三男がいる。彼らは部屋の外に椅子を出して、そこでずっとギターを弾いてい

た。曲目は「スタンド・バイ・ミー」「イマジン」など。篠崎は若い頃、ギターで身を立てたいと思っていたこともあったそうだ。今は、息子たちが彼のために曲を奏でている。

その時、篠崎の意識が戻った。次男がひとりで部屋に入っていき、篠崎と何かを話している。部屋の外には、次男の泣き声が聞こえてきた。三男は、「寂しいけれど悲しくない。今夜はオール（ナイト）だ」と一言いうと、ギターをかき鳴らした。

五月一〇日朝、呼吸が止まりました、と渡辺西賀茂診療所に連絡があった。

往診車の中から外を眺める。篠崎と最初に出会った頃は、桜で満開だった街路樹は、今は新緑のアーチになっている。知らないうちに季節が変わっていたのだ。その日は、もうひとり看取りがあった。次々と新しい人が来ては去っていく。

美津子は振り返ってこう語る。

「あの人は家が大好きな人でしたから、本当に家で過ごさせてあげてよかった。何より蓮池先生にお会いできたことが、奇跡のようでした。痛みが取れて、家族でミニコンサートをしたり、近くに散歩に行ったりね。あんなに素敵な時間を持つことができるなんて私は幸せです。天国でもきっと彼を見つけます。行くところはひとつ。また会えるので、その日を楽しみにしています」

門まで見送ってくれた妻の足元には、初夏の訪れを告げる青紫のジャーマンアイリスが咲いていた。

二〇一八年

患者になった在宅看護師

　訪問看護師、森山の病気を知ってから約一カ月後。私は、彼の言う「アメリカまで何もない」故郷の海が見たくて、彼の帰省に合わせて、日立市の大甕《おおみか》に行ってみることにした。森山からは、実際にがんを患った患者本人から見た実践看護の本を作りたいので、共同執筆をと託された。命を賭けた望みでもあったので、それを断ることなどできなかった。それに、この仕事は誰にでもできることではないという自負もあったのだ。

　森山の両親は今でも大甕に住んでいる。父親は認知症を患い施設に入っており、母親は自宅で暮らしてはいるものの、最近は短期記憶もおぼつかないという。彼の帰省には、妻のあゆみと小学校五年生になる次女が同行していた。森山は駅まで笑顔で迎えに来てくれた。痩せたと聞いていたが、もともと細身なので、よくわからない。だるそうな様子も見せず、マスクをしていることだけが、肺に転移したがんがあることを思い出させる。痛みも出ていないといい、ひらり、ひらりと歩く姿は、かえって身軽に見えた。

「この間、森山さんの言っていた、故郷の海が見てみたくて」と言うと、夫婦そろって呆れたような顔をしていた。自分でも、森山の故郷の海になぜこれほど惹かれたのかがよくわからなかった。彼らは私を歓迎してくれて、海に連れていってくれるという。後ろの座席に静かに乗っているのは森山の下の娘。篠崎家でのハープコンサートで会って以来だ。こんな形で再会するとは思ってもいなかった。

森山はしみじみと語る。

「自然にはね、人を癒す力があるんですよ。昨日はこの海から上がる朝日を拝みました。こんなにも美しかったんですね。静かなパワーをもらいました」

彼はこの間、こんなことを言った。

「海は畏怖の対象です。沖まで出ればアメリカまで何もない。ただ、海が広がっているだけです。果てしなく何もないと思うと、怖いんですよ」

あの日、彼の言った「何もない海」とはどんなところだろう。

車で数分も走らないうちに真正面に海が見えた。曇り空の下に、空の色と同じ鈍色《にびいろ》の海が水平線を描いて広がっている。穏やかに見える海に、時折、白い泡を立てて波が起き、それが崩れて、浜辺に打ち寄せてくる。

海に面した駐車場に車を入れると、フロントガラスいっぱいに、彼の故郷の海が広がった。これが森山の思い出の海。エンジンを止めると潮騒が近くに聞こえてくる。

私と森山は黙って砂浜に降りたった。寒い。一一月の風が耳元に吹いてくる。雲が動いては光が差し込み、時折海は青緑に光った。あゆみと娘が海へと駆け出す。彼らは照り返しの中でシルエットになった。

私はコートの襟もとをぎゅっとつかんだ。

知多半島の先端まで潮干狩りに同行したのは何年前のことだっただろう。いくつかの海にまつわる記憶が切れ切れによぎっては消えていく。肌にまとわりつくような風は砂交じりで、目を伏せてうつむいた。

森山が遠くに見える白い灯台へと向かって、ひとり歩き始めるので、私もそちらへとついて行く。私は言葉を探しながら、歩くたびに現れる足跡を見ていた。

時折、森山の顔を横目で見る。彼は病を得て、いよいよさっぱりとした笑みを浮かべるようになった。もともと僧侶のような風貌だったのが、一段と透明感を増している。その佇まいはさながら羽化したての蝶のようだった。きれいだな、と思った。

彼は問わず語りにこんなことを言う。

「どうしてでしょうね。栄養ゼリー一本ぐらいしか摂れなかったのに、今は普通に食べられます。納豆とか、干物とか、平凡なご飯なんですけどね」

私は何度かうなずいた。

水平線に目をやる。

沖に出れば、アメリカまで何もない海。ここをひとりで泳ぐ森山を想像してみた。潮騒は、耳に届く前に、私の身体を揺らし、小さく、そして大きくリズムを刻んだ。ここに来るまでに感じていた戸惑いや、緊急事態に備えるための一種の興奮した気持ちが、そのリズムに揺られているうちに落ち着いてくる。

砂浜は波で濡れるたびに光り、グレーがかった薄青のグラデーションを描いている。歩くと、照り返しが目に入った。

「患者になってから、看護師を見るとどんな感じがしますか」

「どうやろうね」。森山は、そう言ってしばらく考えをまとめているようだった。

「やはり患者になってみると、以前よりずっと、看護師の人となりが見えてしまうものなんだなと気づきました」

「それは、看護師にとってはきついですね。しかも、人と人ですから相性ありますもんね」

それが在宅療養の息苦しさだ。それは家族と患者の関係でも同じだ。向き合うことを避けてきた、さまざまな感情が湧き上がってくる。

縁と言ってしまえばそれまでだが、人にはどうしてもそりが合う、合わない、ということがある。看護の基本的な技術はあって当然だろうが、技術があったとしても、それだけではだめなのだ。自分と必ずしも気が合うとは限らない人が、自分の家に上がり込んできても、見せたくないものを見せなければならず、入浴、排せつ、食事の世話をしてもらう。それは恐怖ですらある。何かを覚悟しなければ、それらを受け入れ、委ねることはできないだろう。極度の恥ずかしがり屋で、人から介護されるのだけは嫌だと語っていた母は、介護される身になった時、自分の境遇をどこで受け入れ、どう折り合いをつけたのだろう。

「かつて大学で看護学を学んでいた時の指導教官で、僕のやりたいことを引き出して、積極的に手助けしてくれる人がいました。当然指導教官にも、やりたいことや、もっと違う方向へ導きたいという欲もあったでしょう。それでも、自分の考えを脇において、僕のやりたいことを理解して、それを優先して応援してくれた。尊敬する指導教官に共通するのは『引き出してくれる』力です。やりたいことをやる中で、それを理解してくれる感覚というのがあった。訪問看護師もそうでありたいですよね。自分の知識、経験、技術などを発揮することによって人を救うという立場に固執するのではなく、『こんな食べ物は身体に悪いのに』ではなく、どうやったら好きなものを食べさせることができるかを考える、『出かけたら身体に悪い』ではなく、どうやったらその気持ちに寄り添えるか知恵を絞る。看護技術も、医療の常識も、もちろん自分の我だって、その人の幸福のために捨てられないといけない」

「理想はそうでしょうけど……。でも、神様じゃありませんよね、看護師さんも」

看護師もその役割で接している限りは、安全な場所にいることができるだろう。役割は、彼らにとっての鎧のようなものである。それを脱ぎ捨てて直《じか》に付き合うことを要求するのは、酷な気もする。私のように、自他の境界線があいまいで、相手の悩み苦しみにまき込まれてしまう人間にとってはいっそう難しそうだ。

「難しいですよね、それをしようと思うと、当然のことですが、その人の人生観や価値観がすごく影響してくる。特に関わり合う時間が長いと、もろに出てしまう。そこであえて患者さんと波長を合わせていく。ある意味で、そういう覚悟がないと務まりません。上《うわ》っ面《つら》で付き合っていると、時間が来たらそそくさと帰るみたいになっちゃうし。現場にいると、そういうのはすぐにわかってしまう」

彼の担当していたすい臓がんの老婦人のことが思い出された。無理難題をふっかけていたが、森山もいちいちわがままに付き合って、すり減ってしまわなかったのだろうか。そういえば、看護師の吉田も、周囲が止めるのも聞かず、内緒で老婦人の家におせちを作りに行っていた。

視線を落として、海と砂浜との波打ち際に目をやる。波は砂浜を濡らし、引いていく。

「森山さんは、患者の立場にもなったわけだけど、今、患者としての願いって何ですか？」

彼は抗がん剤治療を受けているが、これからどのような治療方針で臨むつもりなのだろう。そして、今後はどう過ごしていきたいのだろうか。可能性があれば高度先進医療に賭けるつもりはあるのだろうか。それとも、そこまでは望んでいないのだろうか。

私は波打ち際から水平線の先まで目を移した。私たちの未来に確実なものなど何もない。正解など存在していないのだ。どう治療していくのか、どこで治療をやめるのか。

「本当にね、どうしたいのかね、どうしたいのかな……」

彼は苦笑すると、空を仰いだ。そこにもまたグレーがかった薄い青が広がっている。

「死なんて、身近にない普通の人は、どうしたらいいのかわからないまま、時が過ぎていくんじゃないでしょうか」

私が言うと、森山は言葉を続けた。

「生きたようにしか、最期は迎えられないからね。自分が生きてきた中でどうしたらいいのか。世の中のしがらみの中でだけ生きてきた人は、その時になって考えろって言われても、どうしていいかわかんないんじゃないかな。でもそれは、その人のせいというわけじゃなく、そういう風に生きてきたことを、周囲も自分も許してきた中での結果だから」

森山は、ふうっと息を吐いた。

「家族の『治ってほしい』という要求が強すぎて、自分はどうでもいいんだけど、周りの声に飲み込まれて、わずかな可能性に賭ける人って多いんですよ。高齢者も同じです。家族の気持ちがあまりに大きくて、胃ろうを選択することがある」

胃ろうとは、胃に小さな穴を開け、そこからチューブを使って直接栄養を摂れるようにするものだ。

そして彼は、前職で関わった移植医療について語り始めた。

「僕は以前、臓器移植の現場にいて、小さな子たちの移植を見てきました。でも、僕らは移植を希望した家族にしか会っていない。そうじゃなかった人はどうしているのか知らないんです。でも、そこには、移植を希望する家族とはまた違った想いがあったはずなんですよ。

僕は、ほんのわずかな可能性に賭けて、実際に治っている人にも会っている。それを目の当たりにすると、そこにすがりたい気持ちになったりもする。僕の子どもがそうなって、移植をしない決断をするなら、それもつらすぎる。

高度先進医療を選択しない、別の豊かな世界があるはずなんだけど、成功例を見せられちゃったら、先進医療を選ばないのは難しいだろうなという気がします。

ある程度、自分で意思表示ができる環境であるなら、本人がきちんと意思表示をしないとね。自分の意思を尊重してもらいたいのなら、日頃から本人の意思が尊重される関係性を築いていないといけない。そうでないと、子を思う親の気持ちや、親に対する愛情に押されてしまう」

あゆみと娘が、少し離れたところで追いかけっこをしている姿に目をやる。私は、あえてこんな質問をしてみた。

「お嬢さんたちはまだ小さいですよね。できる限りの治療を施して頑張りたいと思いませんか？」

「そういう気持ちは、……あまりないですね」

「本当に？　それは自分がいなくても大丈夫だと思うから？」

彼は困ったように笑うと、しばらく黙っていた。私たちの沈黙に、波の音が割って入る。

私たちの視線に気づいたのか、彼の娘が走ってきた。

「お父さん、これ拾った。何だろう」

彼女は、小さな円盤状の白いものを差し出した。

「あ、これ。これはムラサキウニの殻だよ。イガイガが抜けたんだね」

「ふーん」

そう言うと、またあゆみのほうに走って行った。今度はあゆみが、こちらに歩いてくると、温かいお茶とコーヒーを差し出した。森山はお茶を、私はコーヒーを選んだ。

彼女は、森で出くわした鹿のように、少し心配そうな目でじっとこちらをしばらく見つめると、私たちから離れていく。

森山はお茶に口をつけると、一息ついて、話し始めた。

「いろんながんサバイバーの話を聞くんですが、若いのにかわいそうって言われるのが一番つらいと言いますね。『子どもがまだ小さいのに』とか『この先が大変な中で』と言われるのがつらいって。

がんになったことによって、時間の進み方や、景色の見え方が変わってくるんですよ。素敵なことや、幸せなこと、喜びもいっぱいあるのに、若いからってどうして悲劇のように言うのかと。自分の人生の何がわかるのかと。

胆管がんで亡くなったお母さんがいらっしゃいました。まだ三〇歳で、二歳の子を残して亡くなった、とても物静かで優しい方でした。病気のことを嘆くこともせず、おばあちゃんに娘を預けて淡々としていらっしゃった。

かわいそうとか、大変だとかいう言葉で片づけてほしくない。そこには長さでは測れない、命の質というものがあるはずなんです。将来まで寄り添えないかもしれませんが、それ以上に、子どもは母親と過ごした時間を抱いたまま大きくなっていく。そこにはもちろん姿形はないし、ひょっとしたら、その記憶も薄れてしまうかもしれませんが、八〇歳、九〇歳になった姿を見せるのと同じぐらい、何かを残せるはずです。

今日も、四九歳の方が家に戻っていらっしゃる予定なんですが、かわいそうというマイナスな言葉でくくってしまうのではなく、病の中にある幸福を照らしだせないかと思うんです。残された時間とは全然違うところでの価値があるんです。

……いや、そうじゃないな。それは残された時間じゃないんですよ。それは、もともとの僕らの持ち時間なんです」

「持ち時間……ですか」

「それは、長くも、短くもない。定められたその人の寿命なんです。僕らには、延ばすことも、短くすることもできないんですよ。

抗がん剤を入れようが、免疫療法や、自然療法をしようが、移植しようが、あきらめようが、その人には『持ち時間』というのがあるんです。でも、そういう捉え方は、とても難しくなりましたね。人工的に何かができると思うことがとても多くなって、実は医療行為と寿命との因果関係はほとんどないかもしれないのに、勝手に『もし、あの時』と考えて後悔する。

『ああすればよかった』『こうすればよかった』『あんなことをしなけりゃよかった』と思いがちですが、そうじゃないところで、こうなったことの意味づけができたらいいですね。

後悔するのではないかという恐れに翻弄される日々ではなく、今ある命というものの輝きを大切にするお手伝いができたらいい。そうしたら、たった三日でも、一週間でも、人生の中では、大きな、大きな時間だろうし。

そう思うと、残された時間というのは、それまでの時間とは質がまったく違うものになっているはずです。もっと密度が濃いものにね」

森山の横顔を見た。彼と過ごす時間が限りあるものだと知った途端、世界が今までよりも鮮明に見える。低く垂れ込めた雲の切れ間から、鈍い光が差して、森山の頬を照らしている。吹き抜ける風も、砂の上に誰かが作った城も、ダンスをするように波打ち際で遊ぶ彼の娘と妻の姿も、みるみるうちに冷めていくブラックコーヒーのかすかな温かさと口に残る苦味も、たぶん鮮やかに記憶に残るだろう。

彼に言われて、改めてこの世界を眺めてみれば、平日の人気のない海に突然魔法がかかり、美しい贈り物であるように思える。同じ日は二度と繰り返されない。だからこそ、将来を思い煩うことなく、今日を生きよ。昔から、何度も繰り返されるメッセージを、いつだって私たちは三歩歩けば忘れてしまう。

「僕は、子どもたちに何が残せるのかな……。人は、生きてきたようにしか死ぬことができない。でも、ひょっとしたら病気がターニングポイントになるかもしれませんよね。このターニングポイントの中で、自分も周りも変化して、今まで生きてきた感覚とまったく違う輝きがそこに生まれるかもしれないと思うんです。

あの日、がんが見つかって、僕の人生そのものが変わってしまった。それまでは、深夜や早朝の往診にも出かけていて、家族との関わりはほとんどありませんでした。ところが、病気になってからは仕事の比率は本当に小さくなってしまいました。今でも、普通に出勤していますが、九対一で家庭に比重が移っている。もっとも、今まで家庭を顧みなかった僕を、家族がどう受け入れてくれるかはわかりませんけどね」

「教えてほしいんですが」

私は、森山に尋ねる。

「答えるのが嫌なら言ってくださいね。……ものすごく怖くなったり、悔しくなったりすることってありますか？」

「ないと言えば嘘になります。確かにそういうこともあるんですが、それもとっても大事なプロセスなんです。どうしようもないことだから、そこを緩和する方法は何もない。ひょっとしたら、向き合うこともできていないかもしれません。でも、逃げてしまうのもしょうがないとは思うんです。いや……、そこはもう、なんていうのかな。向き合うとか向き合わないとか以前に、勝手に感じてしまうものだから。

昔、祖母が亡くなってから、夜中に目が覚めて、死ぬのが怖くなることがありました。でも最近、この病気になってから、そういうことがなくなった。人間ってそういう風にできているのかなって」

「やっぱり、在宅での看取りに関わってきたことが大きい？」

「それは大きいです。二〇〇名以上の患者さんを家で看取らせてもらうなんて、こんな仕事をしていなかったらできなかったことです。多少しんどくても、人が周りにいればできることがたくさんあるし、目を閉じて亡くなっていく人の顔って、どんどん安らかになって、どんな人でも微笑んでいるんですよ。本当にどんな人でも。

だから大丈夫なんだよ、と教えてくれる。それを見せられるような文化というのを、次の世代のために作っていければいいなと思います。それはケアをする側にとっての死生観に当然関わってくるでしょうしね」

森山はもともと大学病院で働いていたが、京都の堀川病院で、わらじ医者として親しまれた早川一光《かずてる》に憧れて、在宅医療を志した。

森山にとって在宅医療の魅力とは何だろうか。そう聞くと、質問の意味がわからないとばかりに笑ってみせた。

「在宅が魅力じゃない理由がわかりません。面白いじゃないですか。なかなか人の家には入れない。それにとんでもないいろんな出会いもある。嫌でも暮らしを見させてもらうんですから、病院では決してできない体験です」

病を得てもなお、彼は働いている。

「抗がん剤が終わって五日間はダウンして、あとは普通に働いています。調子が悪い時は半日で上がる時もあります。でも、今はそういうこともほとんどありません」

森山は、しかしこの後、看護師の役割をどんどん脱いで、素の彼になっていく。

二〇一三年　その3

生きる意味って何ですか？

二〇一三年の夏のことだ。

「患者さんは、中山悟（仮名）さん、五二歳です。今日、ご自宅にお帰りになります」

渡辺西賀茂診療所で朝のミーティングが始まり、森山が患者の記録を読み上げる。中山は、脊髄梗塞を起こし、二四時間激痛に悩まされていた。この痛みを取る方法は現在のところ見つかっていない。そこで病院から自宅へ戻り在宅療養することになったのだ。

「中山さんには一歳の女の子がいて、その娘に奥《こ》さんを取られてしまったかのような、複雑な感情を抱えていらっしゃいます。本当は子どもを作りたくなかったと。ご本人は健康関係のお仕事をしています。菜食主義者で、肉を食べていないためたんぱく質不足で、極端な栄養失調状態だという検査結果が出ました」

この日、集まったスタッフは八人。内訳は医師三人、看護師四人、ケアマネージャー一人といつもの訪問診療と比べ、かなりの大人数である。

マンションの一室の前に立って呼び鈴を押すと、若い女性が現れた。中山の妻だ。人目を惹く清楚な顔立ちをしている。彼女は一歳になる娘を抱いていた。中山は美しい家族を持っているのだ。

「どうぞ」と案内されて、スタッフたちは靴を脱いでぞろぞろと上がる。私も承諾を得て、中に入れてもらう。たちまち玄関は靴だらけになった。室内に入ってすぐに、空気が暗く沈んでいることに気づいた。小さな女の子がいる家庭には赤やピンクといった色が目に入ることが多い。だが、ここには子ども向けのおもちゃや洋服が見当たらない。中山が嫌っているのだろう。

彼は歩くのも、座るのも難しいという。身体を動かす時は、痩せた腕で上体を支えていざるのだ。目だけが強い光を放っていて興奮状態だった。彼は青白い顔をして上目遣いに我々に視線を送る。

「ずっと痛みが取れません。仕事をするどころか、何かまとまったことを考えることすら難しい。薬は飲んでいましたが、頭がボーッとして痛みが一向に取れないので、やめてしまいました」

中山は娘に対して笑顔を作ることができなかった。

「この子がまとわりつくから妻が僕の面倒を見てくれないんですよ。僕はこんなでしょう？だから身の回りのことをやってほしいのに。でも、妻はこの子の世話をしなくちゃならない。だから、僕は何にもできないんです。元気だった頃にはパソコンのファイルを整理したりしていましたが、今は座ることすらできないんですよ。正直、僕は子どもなんか欲しくなかった。自分の子どもに対してどうしても優しくなれません。のしかかってくると身体に激痛が走って、思わず振り払ってしまう。妻も子も養えない。生きていても痛みで何もできない。こんな僕に生きている意味ってありますか？」

娘が近づいてくると、中山は、来ないでくれとでもいうように睨みつけた。それを見て、子どもは身体を硬くする。妻はそっと娘を抱きかかえて後ろに下がった。妻の顔にも生気がない。

中山は、自分の運命に対して切々とリコールを訴えていた。

美しい家族を持っていても、彼の心が慰められることはない。八人の医療スタッフは、口を挟むこともなく、じっと耳を傾けている。しかし、溜まっていた不満を噴き出すような勢いでぶちまける中山の話はいつまでたっても終わりそうになかった。彼は全身で怒っていた。思い通りにならない身体に、家族を愛せない自分に。自分を治そうと思う人がこれだけ彼のために集まろうとも、彼には何の慰めにもならないようだ。痛みが取れない事実に怒りで身を震わせていた。

中山は、もともと身体にアプローチすることで、他人を健康にするプロフェッショナルだった。私には彼の無念が少しだけわかるような気がした。私の母も健康マニアだったからだ。食べるものに気を配り、運動をし、早寝早起きを心掛ける、傍《はた》からみたら少々面白みに欠けるような生活をしていた。もし、我々の努力がすべて実る世界であれば、彼女が病気になるなら全員が病気になってしまうことだろう。だが、そんな母が一万人に一人という原因不明の難病を引き当てた。人生は不公平だ。私の母のように健康に気を配る人が病気になり、喫煙をし、深酒をする人が長生きすることもあるのだ。

母が病気になって以来、私は病気を「くじ引き」のようなものだと捉えるようになった。母が病気になった理由は？　ただの偶然だ。意味などない。それになんとか意味をつけようとするのが人間だ。私たちライターはしばしば偶然に意味をつけることに加担している。人間は意味のない不運に耐えられないのだ。

四〇分ほど、中山が一方的に話すのを聞いて、我々は家を後にした。「生きる意味」とは何だろう。私だって自分の生きる意味がわかるかと問われたら答えられない。息子たちは大きくなったし、私がいなくても誰も困らない。何の不都合もなく明日は来るだろうし、いつも通り地球は回るだろう。そう考えたところでさしたる悲しみも湧いてはこなかった。

私たちの人生はいつだって偶然に左右される。私たちは、その偶然を都合のいいように解釈し、おのおのが好きな意味で満たすのだ。

ある日、中山は尾下にこう語った。

「僕の今生の学びは、『家族を愛する』ことです。わかっているんですが、僕にはそれができない。もし学び損ねて来世に生まれてきたとしたら、それは地獄ですね」

今にして思えば、それが前兆だったのかもしれない。

彼はその数日後、事件を起こした。


夜、妻から診療所に電話が入った。電話に出たのは、マネージャーの村上だった。

「どうされました？」

妻はしくしくと泣いていて、その声がよく聞き取れない。

「夫のおむつが濡れているので、替えにきていただけませんか」

あとはうまく話せないようだった。村上は、何かおかしいと直感したようだ。急いで、森山、尾下とともに中山の自宅へ向かう。そこで見たのは、血だまりの中で胸に包丁を刺したまま、あおむけに倒れている中山の姿だった。妻が濡れていると言ったのは、血だったのだ。包丁は心臓を傷つけて肺に達していた。看護師たちの靴下は血液でぐっしょりと濡れた。

「中山さん、中山さん。聞こえますか？」

中山の意識は、奇跡的にしっかりしていた。胸に突き立てたままの包丁を抜こうとしている中山を、看護師三人が覆いかぶさるようにして止めた。

「今、救急車が来ますからね。もう少しですからね」

やがて救急車が到着すると、中山が包丁を抜かないように手を押さえながら、看護師たちは担架の隣を歩いた。

救急車に同乗した看護師たちは、中山に呼びかける。

「もうすぐ病院に着きますからね。もうすぐですよ」

傍らにいた妻は静かだった。中山の目を見つめると、

「わかっているから。……ありがとう」と、呼びかけた。

夫婦だけに通じるひそやかな会話だった。

彼は自ら左胸を包丁で三度刺していた。最後の一撃は肺をかすめて心臓に到達している。妻は、授乳中で気づかなかったそうだ。

中山は、奇跡的に命はとりとめた。しかし彼にはつらい生活が待っていた。在宅で四六時中見張るのは不可能に近い。精神科では重傷を負った中山を診ることはできず、外科では自殺をする危険のある者を長い時間置いておけない。もし家に戻ったとして、誰が彼の命に責任を負うのだろう。妻は退院してくることについて、「自分では面倒を見られません」と、不安を口にしている。渡辺西賀茂診療所のスタッフが見守るにしても、当然限界はある。

中山は総合病院に入院した。死ねなかったことが彼にとって不本意だったのは、想像がつく。死に取りつかれる病なのだ。しかし、自殺するにも人ひとりの命を破壊するだけのパワーが必要だ。彼のどこにそんな力が残っていたのだろう。

すぐに、心配した両親が中山のもとを訪れた。一目見て、穏やかで優しそうな両親であるのがわかった。彼の枕元に集まってきた家族を、私は少し離れたところから眺める。

不思議な気がした。自分の不幸を嘆く中山は、実際にはこれほど家族の愛情に恵まれているのだ。みなが心配げに彼の顔をのぞき込み、彼は甘えるように、家族の顔を見上げる。

往診車に乗れば、独居で家族を持たない患者にはいくらでも会える。生きていたくても命の残り時間の少ない人もいる。

彼も、家族の愛情に恵まれているのは十分にわかっているのだろう。親身になって心配してくれる医療スタッフがいることも、もし自分がまた自殺を図ったら、家族に苦しみが降りかかることも理解できているに違いない。しかし、彼の鬱状態が改善されることはなかった。美しい家族を持っているからといって彼の心と身体の痛みが和らぐことはなかったのだ。

この騒動で、娘の将来と自分の将来について考えなおしたのだろう。入院期間中に、妻は渡辺に離婚の相談をしていた。

それから二週間後、彼の体調もだいぶよくなってきたというので、尾下に連れられて、彼の病室に見舞いに訪れた。彼が話を聞かせてくれるというので、私は彼の枕元に行く。見ると、血色がよくなっている。精神的にも以前より落ち着いているようだった。

私は椅子を持ってきて、彼の目線の高さに合わせて座った。

「いかがですか。ご容態は。少し、落ち着かれましたか？」

すると、彼は私の目を見てこう言った。

「妻には離婚を切り出しました。妻も子もいなくなって、僕の身体は年中痛い。こんな自分が生きている意味がありますか？　教えてください。僕はまだ五〇代です。あと、二〇年、三〇年、痛いまま、何もできずに生きていくんですよ。地獄ですよ。それでも死ねないなんておかしくありませんか。なぜ生き続けなければならないんでしょう。佐々さんなら、痛みで何もできない、何も考えられない人生を何十年と生きていくことを受け入れられますか。痛みに耐える意味って何ですか」

ほとんど息継ぎをしないで喋る中山の言葉は、立て続けに私の耳の中に入ってくる。

「教えてくださいませんか。僕にとって生きる意味って何ですか」

いったん口を開けば、言葉は自殺未遂をする前とほとんど変わらず、ぐるぐると繰り返され、傷ついたレコードのように、針が別のトラックへ移動することはなかった。

では、彼が自分の命を自分で絶ってもいいのか。

私にはわからない。安楽死の認められている国はある。国境を越えれば、また別の倫理観があるのかもしれない。そこへ行けば彼は楽になれるのだろうか。

宗教が違えば、命を絶つという考えすら禁忌なのかもしれない。命の重さは、解釈と倫理観と宗教的な禁忌の中で始終揺れ動いていた。

答えあぐねている私の横で、尾下は、ぎゅっと中山の手を握るとこう答えた。

「中山さん、私たちは生きていていただきたいんですよ」

中山は両親と暮らすために、他の町へと越していった。

それから数年後、中山の両親から、首を吊って亡くなったと診療所に連絡が入った。

二〇一三年　その4

献身

1

私には理想の死に方がある。

私が中学二年生の時、広島の山奥から祖父が訪ねてきた。とても不便なところに住んでいて、我々の家に訪ねてくるのは初めてだった。祖父の子どもたち、つまり父とその兄妹は、北海道、埼玉、神奈川にそれぞれ暮らしている。その一人一人の家を、祖父は順に巡っていた。子どもたちの暮らしぶりが見たいからと出てきたそうだ。穏やかな広島訛りの口調に、痩せた身体。まるで小津安二郎の映画のようで、祖父の面影は、『東京物語』の笠智衆《りゅうちしゅう》とだぶってしまう。

私の知っている祖父は、茅葺き屋根の質素な家に暮らしていたが、以前は自分の土地だけ通って隣村に行けるほどの名家だったという。その名残は、すっと伸びた背筋と、清貧な暮らしを営む、静かな佇まいにかすかに感じるだけだ。

あまり体調がよくないようだと父は言っていたが、私には苦しそうな様子などわからず、いつもの祖父にしか見えなかった。

いよいよ帰るという日、私たちは東京まで祖父を見送りに行った。どこかの店で祖父の好物だというなぎを食べたが、祖父はほとんど口をつけなかった。

眩しい日差しの照りつける、とても暑い日だった。東京の街には、ゆらゆらと蜃気楼が立っていた。

別れ際、私たちは手を振って祖父を送った。祖父は黒い帽子を頭から取ると、帽子をゆっくりと私たちに振った。静かに、何かの合図のように、祖父はその帽子を振り続けた。

それが、私たちにとっての祖父の最後の姿だった。

九月に入ったある日、両親は私と弟に学校を休ませ広島に向かった。祖父の具合がよくないのだという。だが、入院していた病院に到着すると祖父の姿はすでになかった。臨終に間に合わなかったのだ。

祖父は自分の死期を知っていた。知っていて子どもたちに別れを告げに来たのだ。日記だけを残して私物を見事なほどきれいに処分し、床屋で散髪を済ませると、その足で病院に向かった。病院嫌いの祖父にすい臓がんがあるとわかったのはその時が初めてで、そのまま入院するとわずか二週間で亡くなった。

祖母によると、風呂の湯を驚くほど熱くして入っていたそうだ。それはたぶん痛みを和らげるためだったのだろう。

彼は死を覚悟していた。しかし、そんな素振りなど誰にも見せず、さっさと身じまいをして亡くなっていった。見事な命の閉じ方だった。我が家にやってきた時、祖父が何をみやげにくれたのかはもう覚えていない。だが、祖父の最後の姿は私にとっての贈り物だ。

そんな亡くなり方をする人は、それほどたくさんはいないということを知ったのは、ずっとあとのことだ。

2

そもそも在宅医療に興味を持ったのは、当時私の母が在宅で療養していたからだ。

要介護五。母が自分で動かせるのは瞼だけだ。私は母の命の選択に立ち合ったことがある。医師に「胃ろうをつけますか？」と決断を迫られたのだ。母は運動機能に障害があり、顎をうまく動かせない。すでに食事を咀嚼《そしゃく》するのが難しくなっていた。

父の決断は早かった。迷うことなく胃に穴を開ける胃ろうを選択した。それ以来、三六五日、二四時間、父が介護を担っている。

思えば、あの頃、母が覚悟を決めたのではないかと思い当たるできごとがあった。

母が手も足も次第に自由に動かせなくなり、もう自力では二階へ上がれなくなる寸前のことだ。見せたいものがあるからと、母は思うように動かない身体で懸命に二階に上がった。

和室の天袋にしまってある段ボールを取ってくれと言う。私が椅子に上がって、天袋をのぞき込むと、油性ペンを使った几帳面な字で「タオル」と書き込まれたミカンの段ボールが目に入った。タオル……。そんなもののために、不自由な足で二階に上がってきたのか。私はあきれた。

天袋はかすかに樟脳のにおいがした。暗がりにはアルバムの入った段ボールや、私が小さな頃に描いた絵や、もらった賞状などが納められた箱があった。私は、見かけよりも軽い段ボールを抱えて、椅子から降りた。開けると、温泉や信用金庫でもらってきた新品のタオルがたくさん詰められている。いかにもこの世代の女性らしい。

母は「介護の時には必要になるでしょう?」と言うのだ。

私も母も子育てを経験している。授乳やおむつ替え、食事で顔をぬぐう時などに、こういったものが必要になることを知っている。介護でも同じように必要だろうと考えたに違いない。「寝たきりになって介護されるのだけは嫌」と、母は顔をしかめてよく言っていたものだ。母方の祖母もまだ六〇代にパーキンソン病を発症し、長い間介護をされていた。いつか自分もそうなるかもしれないという予感があったのが、母が健康マニアになった理由のひとつに違いない。

いざ病気になり、進んでいく病状を止められないようだと母も家族も気づき始めた頃、母はぷつりと愚痴を言わなくなった。今後どうしたいかという意思を伝えることもなかった。自分でもわからなかったのだろうし、ある意味、なりゆきにまかせたのだ。

「よく、ためたね。こんなにたくさん」

私が言うと、母はこう漏らした。

「いつか、自分が寝たきりになった時にいるんじゃないかって」

長患いの患者を抱えたことのない人は、たぶんこんな備えをすることはないのだろうと思いながら、私は段ボールを前にしてため息をつく。

私は多動気味で閉所恐怖症だ。身体が動かせないのも、狭い場所にいなければならないのも、考えただけで息苦しくなる。幼い頃はエレベーターに乗るだけで軽いパニックを起こした。だから、母がじわじわと自分の身体に閉じ込められつつあるのは、私の幼い頃から抱えていた、根源的な恐怖が形となって現れたかのような感覚にとらわれることがある。母のように、頭が明晰なまま、運動機能が失われていく状態をロックトイン（閉じ込め）症候群と言った。

母は、完全に閉じ込められる前に、私に向かって意思表示をしたかったのだと思う。だが、結局はっきりとしたことは聞けずじまいだった。その代わり、私にこう言ったのだ。

「お父さんは、どんな姿でもいいから生きていてほしいって言うの。……どんな状態になっても、生きていてほしいって。寂しいのは嫌だって。私がいないのは嫌だって」

それほどまでに愛されている幸せと、これから夫に苦労をかけるだろう申し訳なさ。いろいろな感情が混ざり合ったのだろう。最初は冗談めかして軽く言うはずだったのだろうが、みるみる母の鼻が赤くなって涙がこぼれた。そして、静かな涙はやがて嗚咽《おえつ》に変わった。

私は彼女の背中を抱く。思ったよりずっと細く、小さくなっていた。父の献身は、今に始まったことではない。酒にもたばこにも縁がなく、まっすぐ家に帰ってきた。母は、父のために夕方早くから台所に立った。父は母のために生き、母は父のために生きる。二人でひとつの繭の中にいるような夫婦だった。彼らはお互いにとって半身であり、運命の人だった。そして見方を変えるなら共依存でもあった。

母は父にとことん頼り切っていた。何でもかんでも「お父さん、お父さん」だった。父にとっても、母にとっても、相手を失うことは、身体の半分をもがれるような気持ちだっただろう。

それからも母の活動能力はじわじわと奪われ続け、やがて胃ろうをつけることになった。喋れず、意思表示をすることのない母の世話を続けている父は、植物を慈しむように母を慈しみながら、静かに暮らしている。私にとっての在宅介護の見本は私の両親だ。

3

私の実家は横浜市郊外の、かつての新興住宅地の中にある。私が現在住んでいるところからだと歩いて四〇分。通えない距離ではない。だが、最後に行ったのはいつだっただろうか。もう二週間以上経っていると思うが正確な日付を覚えていない。

私は駅で降りると、父に電話をした。

「お父さん、久しぶり。お寿司買っていくから一緒に食べない？　そっちに着くのは六時ぐらいになるかな」

「おう」

穏やかな声だった。最近、母の世話はすっかり父に頼り切りで、私は仕事にかまけている。そのひとつが渡辺西賀茂診療所の取材だ。在宅介護を受けている母のところには顔を出せず、他人のことにばかり気を取られて、私はいったい何をしているのだろう。

駅前のデパートで寿司折りふたつと塩大福ふたつを買う。取材旅行用のボストンバッグを肩にかけ、デパートの袋を提げた私は、家路を急ぐ人の流れに交ざった。ちょうど黄昏《たそがれ》時だ。昔、部活帰りにこの道を歩いた頃は、夕焼け空に映える富士山がすそ野まで見えたものだ。だが、今は高層マンションが立ち並び、夕映えさえも見えない、つまらない景色になってしまった。

実家は昭和四〇年代に大規模造成された住宅街にあった。横浜は坂が多く、我が家も坂の上にある。実家の門を入ると庭の暗がりに花が咲いているのが見えた。母は花が好きな人だった。彼女が倒れても、父は庭の手入れを怠らず、花は毎年律儀に咲いた。

玄関に立つと、懐かしい実家のにおいがする。インターホンを押しても返事がないので、鍵を開けて中へ入った。

「こんばんは。ごめんね、ご無沙汰しちゃって」

大きな声で詫びながら、廊下を抜ける。玄関から廊下まで手すりがつけられた痕が残っている。父はかつて、玄関の上り口、風呂、トイレ、リビングルームといたるところに手すりをつけた。今はもう必要なくなったので、父は今度はその手すりを外した。釘の痕は、両親の闘いの印だ。

母は昔から美しい人だったが、今でも不思議とその美しさは変わらない。きれいなアーチを描いた眉と、茶色い瞳が印象的で、ロシアとかフィンランドとか、とにかくどこか北の国の人のようだ。

リビングルームの真ん中に置かれた介護ベッドの上に母は寝かされていて、ガラス玉のような、少し冷たい感じのする瞳が、うつろに空《くう》を見つめている。

「ごめん、ご無沙汰。来たよ」

私は荷物をおろしながら父に声をかける。

「来たか」

私のほうを振り返らずに父は応えた。父は、ちょうど下の世話をしようとしているらしく薄い手袋をはめてベッドの脇に立っている。

七五歳になろうとする父は、母に覆いかぶさるようにして背中を屈めると、花柄のパジャマを少しずつ脱がしていく。母のあらわになった青白い太ももが、緊張したように硬くなっていた。父がビリビリッと音をさせて大人用おむつのテープをはがすので、私は反射的に目を逸らせた。おむつの中から半透明のチューブが延びていて、その先には尿の溜まったナイロンバッグがぶら下がっている。

父は母を横向きにすると、慣れた手つきで浣腸をした。しばらくすると、おむつの上に軟らかい便が出る。

母の下腹部がほんの少し膨らんでいる。そこを手袋をはめた手で丁寧に押していく。

「まだ溜まっているみたいなんだよな」

母はガクガクと身体を震わせた。娘の私がのぞき込んでいるのは嫌なのだろう、眉間にひそやかな皺が寄った。彼女は言葉を発することができないし、ジェスチャーもできない。一切の意思表示の手段を失っていた。その状態で三年目になる。だが、肌が粟立ったり、身体が緊張したりするなどの微妙なサインが彼女の気持ちを伝えている。言葉にするなら、「見ないでちょうだい」。

彼女は意識が覚醒している時、筋肉が硬直し、身体に震えがくる。私は母の手を握って動きを押さえた。

「お母さん、もう少しだからね」

父は肛門に指を入れて便をかきだす。つくづく最近の栄養剤は優秀だと思う。嫌な臭いはほとんどしなかった。しばらくすると歪んでいた母の表情が緩んだ。

父は、「もう大丈夫。ほっとしたでしょう?」と母に呼びかけると、ウェットティッシュできれいに臀部を拭いて、すばやくおむつを当てた。母は自力で身体を動かせない。背中も、肩も、腕も、指もだ。しかし、おむつを外した彼女の身体には、床ずれの兆候はまったく見られなかった。次に父は、母のパジャマに手を入れて、背中をマッサージし始める。すると、母の肌に血行が戻っていった。

この三年、母は一度も口から食べ物を摂っていなかった。だからこそ、日に三度胃ろうから摂取する経管栄養液には感心せざるを得ない。母は太ってもいないし痩せてもいない。

レンタルのエアベッドは最新式で、一〇分ごとに寝返りが打てるようになっている。マットからはシュー、シュー、というエアの音がする。これで母の身体を一〇分ごとに左右に一〇度ずつ傾ける仕組みだ。青いシーツはしみひとつなく清潔で、母の身体もくまなく手入れされている。

「中心をずらさないことだ」

そう父は言った。

「中心をずらしさえしなければ、漏れたりすることはないよ」

紙おむつの中心線を身体の真ん中に合わせろと言う。

まるで人生を正しく生きていくための秘訣を伝授されているようで、私は父の隣で黙ってうなずく。

「慌てず、冷静にやればうまくできるさ」

父はおむつを片づけると、洗面所で念入りに手を洗い、キッチンへと入った。

私は母の傍らから呼びかける。

「お父さん変わりない？」

「変わりないよ、大丈夫だ」

「お母さんも元気だった？」

以前の母は、大きな瞳で、さまざまな感情を訴えかけてきたものだ。だが、今は視線が合わない。眼球を動かすこともままならなくなったようだ。黒目をのぞき込んでも、どこを見ているのかわからないほどうつろだ。私は自分の姿が瞳に映るように自分の身体を移動させたが、母の瞼はぴくぴくと痙攣《けいれん》しながら、ガラス玉のような瞳を覆ってしまった。母は何が言いたいのだろう、何を考えているのだろう。

いくらのぞき込んでも正しい答えが出ないのはわかっている。そこに映るのは自分だ。いつでも自分の姿が映り込んでしまう。たとえ血は繋がっていたとしても、別人格なのに、自信を喪失している時は母の中に嫌なところを見てしまうし、いいことがあったらやはり母のいいところが目につく。特に話ができなくなってからは、私が嬉しいことがあると喜んでいるように、私が悲しんでいると悲しんでいるように見えた。私の心境次第でいかようにも面差しは変わった。

私はありのままの彼女を、「母」というフィルターを外しては見ることができない。私たちは近すぎる。関係性が近すぎて、客観的に見ることができないのだ。そもそも、私たちは見たいようにしか、他人を見ていない。家族においてはなおさらだ。

彼女が原因不明の難病を発症したのは六四歳の頃。それから、この時点ですでに七年間の闘病生活を送っていた。父によれば、ある日大きな物音がしたので駆けつけてみると、母が階段の下に倒れていたという。上から落ちて突き当たりの壁に激突したのだ。母は前歯を折り、唇を切った。最初は単なる不注意かと思った。だが、それは長い闘病生活の前兆だった。

足がうまく動かせなくなって、バランスを崩すのだが、母はとっさに手が出ない。何度も顔面や後頭部を打った。手は小刻みに震えるようになり、やがてペンを持つことも、箸を持つこともできなくなった。

母は懸命にリハビリに励んだ。最低限、スーパーでお金を払うことと自分の名前を書くこと。このふたつだけはどうしても手放したくないと思っていた能力だった。

だがやがて、小銭が出せなくなり、お札もつかめなくなる。さらに足が動かなくなって、スーパーにも行けなくなると、大事だと思っていたその能力をひとつ手放した。

母は努力家で、それでも毎日ジャポニカ学習帳に丁寧に自分の名前を書いていた。だが、次第に手に力が入らなくなり、線が揺れ、細くなり、やがて字として形を成さなくなった時、母は赤子のように自分の手を眺めると、つくづく心の底から感心したとばかりにこう言った。

「人間の身体って、本当によくできているのね」

天から与えられた奇跡を奪われてみて、初めてその奇跡に気づいたとでもいうようだった。

そして、どうしても生活に必要だと思っていた二つ目のことも手放した。

母はマスコミにもよく出ているという脳神経外科に通っていた。だが、その分野では有名だという医者は、母の病気を若年性認知症と診断した。「若年性認知症？」。父にそう聞かされた私は、思わず大きな声を出していた。

「若年性認知症で歩けなくなったりする？　頭しっかりしてるよね」

素人目にも誤診は明らかだった。

父も同じように医師に訴えたそうだ。

「でも、頭ははっきりしてるんです」

しかし医師は高慢だった。自分の診断に異議を申し立てた父の一言でヒステリックに怒り狂い、「無知だ」と大きな声で罵倒した。父も、ほかにあてがあるわけではないので、二人は次の回にも受診に行った。あの不自由な足で通院することはどれだけ大変なことだったろう。その日は午後から雪で、杖をついた母は足を滑らせて転び、救急車で運ばれた。大腿骨を折る大けがで、大きな手術が行われて股関節には金具が入れられた。

だが、それがきっかけで別の病院へ行き、母の本当の病名が判明した。「大脳皮質基底核変性症」。脳内の運動をつかさどる神経が消えていく病気で、パーキンソン病とよく似た症状を表すことから、パーキンソン症候群とも呼ばれている。しかし、病名がついたところで、この病気には特効薬があるわけではない。結局、病状が進むのは運命だったのだ。

そのうち母は食べることもままならなくなった。私たちは、咀嚼も運動神経がつかさどっているのだと思い知らされることになる。「口を開ける」「食べ物を噛む」「食べ物を飲み込む」など、意識もせずに行っている一連の動作が彼女には難しくなった。食欲はあるのに、口の周りの筋肉が母の言うことを聞いてくれない。口を開けようとすると、逆に食いしばってしまうのだ。こうやって「母」は次第に解体されていった。

父は淡々と為すべきことをした。なんとか母に食べさせようと、一口、二口と食べ物を口に運ぶ。だが、嚥下がうまくできない。気管に入ってしまうらしく、ひどくむせて家じゅうに食べ物をまき散らした。三メートル離れた壁にさえ食べ物は飛んだ。

涙を流しながら、母はせき込み、父はそれにもめげず、懸命に食べさせようとする。一日のうち大半を父は食事に費やしていた。朝二時間、昼二時間、夜二時間。壮絶だった。

大変なのは食事だけではなかった。母の腰にはいつも紐が結びつけられており、父は気合とともにそれを持って母を持ち上げる。そうやって父は母を立たせ、数メートルも離れていないトイレに母を連れて行った。母が尻もちをつくと、ベッドまで連れ戻すのは至難の業だった。まず母の身体を壁際まで移動させ、壁を使って母を立たせるのだ。ある日は、冷たい床で四、五時間も格闘していたという。

さらに症状が悪化し、母が言葉を完全に失って、全身の自由が利かなくなったのは三年前だ。

それからの道のりは、楽なものではなかった。誤嚥《ごえん》性肺炎で熱が出たこともあったし、尿道カテーテルに石灰化した尿がこびりついて逆流し、ベッドがぐっしょりと濡れてしまったこともあった。かかとに床ずれができた時は、皮膚がえぐれ、完治するまでにはずいぶん時間がかかった。

しかし現在はベッドわきに電動リフトが備え付けられ、ハンモックのような網で母を吊り上げ、車いすに移動させる。浴室にも同じような電動リフトが備え付けられている。ベッドは自動で寝返りを打たせてくれる最新式のものだ。ベッドの下にはカテーテルで繋がれた尿バッグが下げられ、ベッドの上には栄養の管がぶら下がっている。母のことを知らない人はこの状態を「生きるに値しない」と言うかもしれない。しかし、両親の生活には穏やかさが戻ってきている。

父の介護は完璧だった。日に三度の検温は欠かしたことがなく、一日の空白もなく、びっしりとノートに記録されている。母の肌は血行がよく、まるで陶器のように透き通り、床ずれどころか皺ひとつない。口腔ケアは朝、昼、晩とそれぞれ一〇分ほどかけて念入りに行われた。父は母の髪を丹念に梳《と》かし、顔を蒸しタオルで丁寧にぬぐう。そして仕上げに、母が元気だった頃と変わらない化粧水で水分を補うのだ。

母の好きなブランドの化粧品は、父が定期的にデパートに行って買い求めたものだった。女性ものの化粧品を買いに行くのは最初はずいぶん抵抗があったようだが、今ではすっかり店員と顔見知りだ。

父は毎日母を入浴させることができるようになった。湯船の中では、この病気特有のこわばりが解けてリラックスするので、念入りに母の身体をマッサージして関節を動かした。入浴は着替えも入れて、約二時間。爪はきれいに切り揃えられ、肌を傷つけないようにやすりもかけられている。

二日に一度のペースで父は母に下剤を飲ませる。そして母の肛門に指を入れて摘便《てきべん》をするのだ。尿道カテーテルの交換も、胃ろうカテーテルの交換も、医療者の隣で長年見ていた父にはできた。こと母のケアに関して言うなら、医療関係者よりも技術は上だ。最初のうちこそ、父は看護師たちのケアを見て研究していたが、そのうち看護師が新人研修の見学先として実家を選ぶようになった。

訪問美容師は月に一度散髪に来た。歯が悪くなった時は、訪問歯科医に診てもらった。週に一度の訪問看護、週に二度のマッサージ、週に一度の理学療法、二週間に一度の往診。

主治医の主な仕事は、チューブと胃をつなぐ器具であるペグの交換と処方箋を出すことぐらいだ。七年の間に、父は介護のスペシャリストとなった。

父はキッチンから湯呑みと急須を持ってリビングに戻ってきた。

「お寿司を持ってきたから、食べよう」

と、私は母のベッドの脇に、簡易のテーブルを出した。このテーブルも、ベッドの高さに合わせて父が作ったものだ。私が袋から出した寿司折りはふたつ。母の分はない。何より食べることが好きな母が、食事を口から摂れない。彼女の腹部へと延びた栄養管に乳酸飲料のような色をした栄養液を注入するのが日々の夕食だ。

私たちはその横で、寿司をつまむ。

「で、今は何を書いているんだ」

「うん、在宅医療の本」

父は少し複雑な顔をした。

「ごめんね。家のことをほったらかしで他人のことばかり」

「仕事だろ。忙しそうだ。身体に気をつけて」

逆に心配されてしまった。父は寿司と一緒に買ってきた塩大福のひとつを私に寄越した。父は甘党だ。母もそうだった。たぶん、今でもそうだろう。

この仕事をするきっかけになったのは、私に難病の母がいることだった。私はほかの家族がどうやって在宅で病人を看ているのか知りたくなった。

私のような仕事を持つものが、家族を家で看られるだろうか。父のようにもともと生活力のある人間でなくても、母のような重い障害を持つ人を介護できるだろうか。そんな疑問を持って取材をしてみたが、当たり前だが、病状や、家庭環境、協力者の有無によって状況は変わってくるというのがわかっただけだった。誰でも在宅で看取れます、と言うことはできないし、書くこともできない。

「ねえ、お父さん。お母さんを看病するのはやっぱり家がいい？」

「そりゃ、そうだろう。家で看てあげたいじゃないか」

「病院のほうが安心じゃない？　お父さんも楽でしょう？」

「でも、やっぱり家がいいだろう。家だとお母さんも落ち着いている」

どれほど社会的なサービスが発達しようと、鍵を握るのは同居の家族だ。世の中には働いていて介護ができない家族も、時間があっても介護力を持たない家族もいる。

父のように介護力も熱意もある人はまれだ。そうは言っても、三六五日二四時間介護するのはきつくないのだろうか。

「お父さん、たまには温泉でも行ってこない？　私が看るし、もし心配なら病院に預けても」

父は馬鹿を言うなという顔をした。

「いいんだ。どこにも行きたくないよ」

「在宅介護って簡単じゃないでしょう?」

「病気にもよるだろうな。でもたとえ病気が軽くても、重くても、誰にでもできるものじゃないっていうのは確かだろうな」

「私は?」

父は笑った。

「無理だろう。俺が病気になったら、なるべくひとりで頑張って、家にいられなくなったら病院へ行くしかないだろうな」

「ヘルパーさんや、熱心な医療関係者が家に来てくれても?」

「無理だろう。誰にでもできることじゃない」

父は黙って塩大福を口に運び、その粉が口の周りについた。

在宅を支える人

1

在宅での療養を支えるのはチームであることが多い。在宅医療といえば、医師、看護師に脚光が当たりがちだが、日常生活を支えるヘルパーの関わり方は生活の質に大きく影響を与える。医療者とヘルパーは別組織から派遣されることが多いが、前述の通り、渡辺西賀茂診療所ではお互いが同じフロアで顔を合わせるので、連携が取りやすく、お互い協力しやすい。

当時ヘルパー長だった豊嶋昭彦はいつも元気だ。その身のこなしは、体操のお兄さんを連想させる。とにかく身体がよく動き、声が大きくて明るい。診療所のムードメーカーだ。

豊嶋には印象に残っている、ある男性患者がいる。山田敏雄（仮名、七七歳）はかつて地元の商店街で傘屋を営んでいた。しかし、長くは続かず、その後トラックやタクシーの運転手などの職を転々とした。やがて身体が不自由になり、電動三輪で何とか外出していたが、それすら叶わなくなるほど弱ってきたので、渡辺が往診に通うことになった。

山田はマンションで一人暮らし。スタッフが部屋に入ると足の踏み場もない状態だった。生活ゴミが折り重なり、台所は食べ物のカスがついたままの汚れものであふれかえっている。山田は物と物の隙間で手足を縮めたまま暮らしていた。

家にはすえた臭いが充満し、靴を脱いで一歩中へ入ると靴下がドロドロになった。だが、それが山田の「家《ホーム》」だったのだ。

豊嶋は、家にはその人の愛着のこもったものがあるので、愛しいのだと言う。ゴミが積み重なって用をなさなくなったタンスの上には、高価な鉄道模型であるNゲージの箱が積んであった。山田にとって、それはかけがえのない宝物なのだろう。

彼の体力は徐々に低下していった。何度も転倒を繰り返し、とうとう大腿骨骨折で入院することになった。その後、けがは回復したものの、山田がもともと持っていた、すぐに激高する性格は、病院の中でますます激しくなっていった。世話をする看護師を怒鳴りつけ、食事を受けつけず、ベッドに仰臥して天井を睨みつける。

彼の望みは「家に帰る」こと。病院なら食事に困ることはないし、バランスのいいものが毎食提供される。清掃は毎朝行われ、ゴミ屋敷になることもない。そのほうが快適ではないかと思うのだが、そこには彼の思い描く自由はなかった。管理された、規律正しい生活になじめないのだ。

彼はひたすら家に固執し続けた。

そこで渡辺西賀茂診療所のスタッフは、どうやったら彼の望みをかなえられるかを何度も話し合った。その結果、山田に診療所の近くのアパートに転居してもらい、在宅での療養を支えることにしたのである。

豊嶋は、彼についてこう語る。

「妻も子も捨てたと言うんですが、まあ捨てられたんでしょうね。退院された時は寝たきりで、尿道には管も入っていました。ところが退院してきた途端に、気持ちがはじけちゃったんでしょう。あくる日には、タクシーに乗ってコーヒーを飲みに行きましたよ。『昔からパンは家で食べるもんじゃなくて、喫茶店で食べるもんだ。こんなパン、食えるかぁ』みたいな調子ですよ。そんだけ、モーニングのパンが好きで、外で食べる習慣があったんだと思います。医師には暴言を吐きましてね。『先生のアホ、カス、ボケ！』って怒鳴るわけですよ。ぺっぺっと唾は吐くし、大声で『おーい！　おーい！』と呼びつける。日曜日の朝、静かな時間にわめきちらすんですわ。ご近所さんからは三回ぐらい苦情が来ました」

彼の住んでいた場所は、とりわけ閑静な住宅街にある。その平和な眠りを、彼は突然の大声で破るのだ。

「おーい、おーい。おーい、おーい」

しかし豊嶋は、体操のお兄さん風の優しさで首を傾ける。

「でも、かわいいところもいっぱいあるんですよ。山田さんの好きだという気持ちを支えてあげようと思いましてね。『コーヒー飲みたいなら、好きに飲みに行ったらいいよ』と、主治医、ケアマネ、ナース、介護職等多職種で支え合うようにして、ＭＫタクシーにもお願いして、自由に外出できるように整えました。家族がいたら絶対に制限していたでしょうね。『危ないから、おじいちゃんをひとりで行かせないで』と言われたと思います」

豊嶋たちの手厚い介護によってすっかりいい人になりましたとなればいいのだが、現実はそう甘くない。

「そうは言っても、ほんまに大変でしたよ。青あざができるほど腕を掴まれたり、バーンと顔を殴られたりね。それから、僕らがすごく困ったのは、部屋でたばこを吸うことですわ。取り上げても、取り上げても、たばこを買ってくる。何回も話し合いをしました。誓約書も作り、『たばこを吸ったらこの部屋から出ていってもらいます』って書いて壁に貼ったりもしたんです。でも、一週間もしたらベリッとはがされる。そういう人ですから難しかったんです。

おまけに本人からはしょっちゅう電話がかかってくる。『ちょっと来て』って。それで行くと、『ペットボトルのふた開けて』でしょ？　いろいろな工夫をしました。ペットボトルから紙パックのジュースに変更もしましたね。介護保険も限界があるんですが、本人は理解できません。何回も何回もカンファレンスを開きました。最終的には、朝八時半、一〇時、六時、九時、明け方四時半と、訪問看護も入れて訪問しました。複数の事業所、多職種で関わってきたから、何とかやってこられたんですよ。介護保険、自立支援の枠を使っていましたからね。それでもいっぱいいっぱいです。

困ったことに山田さんは年配の女性が嫌いなんですよ。ヘルパーに向かって、『くそばばあ、帰れ』ですからね。『ばばあなんて言ったらダメですよ。感謝してます、助けてもらってありがとうやろ?』ってよく言いました。靴下を履かせようとすると、ぺっぺっと唾を吐かれて、血がにじむほど腕に爪を立ててくる。お正月には初釜の行事があったので連れていってあげたんですよ。そうしたら、またグーッと摑んできて、青あざになりました。

でも、そういうのにも参加してもらいたいですからね。喜んでもらって、人生楽しいなと思ってもらいたいと日々考えています。

もし家族で看たらですか? いやいや、家族ではやってられないですよ。『なんで奥さんと息子さん逃げた?』って聞いたんですよ。『もしかして、昔、暴力振るったん?』と聞いたら、『そうや』と。それを聞いたらかわいそうやなって思いました。自分のしたことが悪かったたって自分でも気づいているんですよね。

だんだん弱ってきて、とうとう寝たきりになった時、ケアマネージャーが行政に依頼して、息子さんに手紙を書いて送ったんです。

『会いたい、会いたい』と言っていると伝えられただけでもよかった。

山田さんの荷物の中にね、息子さんが小学生の時に描いた絵が入っていました。引っ越しの時に持ってきていたんです。それでその絵を壁に貼って飾っておきました。

山田さん、涙を流して見ていました。『息子さん、来て、見てくれへんかな』と、呼びかけたりしてね。

最期はみんなで看取りました。関わった人いっぱいいて、みんな苦労してきましたから。息子さん、それでも亡くなったら荷物を取りに来てくれはりました。死んでからでも来てくれてよかったと思います。

やりがいですか？

この仕事は僕が思うに、自分次第です。介護者次第で、その人が変わるんです。手を抜くと、どんどん、どんどん弱っていっちゃうんで。なんでもそうですよ。おむつを替えるんでも物みたいに扱うと、その人の気持ちは変わっていってしまう。そこを自覚してやっていかないと。

ヘルパーさんにしても、ひとりの人が一生懸命やっていても、もうひとりの人が、物みたいに扱ったら何の意味もありませんからね」

2

一九八六年に、初めて訪問診療という家庭医の概念ができてから、在宅医療、在宅看護の道が開け、現在まで制度の改定が重ねられて、病院に通うことなく、家で最期まで過ごすことができるようになった。それは当初、人々の希望として報道された。もちろん選択の幅が広がったのはいいことに違いない。しかし実際問題として、在宅で最期まで過ごすことが難しい場合もある。そんなことなど病人を抱えている家族であるなら容易にわかるはずだが、なぜか新聞では歓迎ムード一色だったのを覚えている。

ある暑い日に、往診車が訪れたのは一軒の古い家だった。ドアの前で呼び鈴を押して、声をかける。

「こんにちは」

すると奥からバタバタと人が近づいてくる音がした。足音は途中で止まり、声だけがする。

「どうぞ、入ってください」

鍵のかかっていないドアを開けると、ワイシャツの袖をたくし上げた五〇代ぐらいの男性が、表情をこわばらせて立っていた。万歳をするようにして持ち上げた彼の両手には、茶色く汚れたタオルが握られている。それが大便であることはすぐにわかった。

「ああ、看護師さん。来てくれてよかった。困っていたんですよ。どうぞ入ってください」

部屋に入ると、下痢の甘酸っぱい臭いが鼻をつく。窓は全開にされていて、鬱蒼とした庭が見えたが、雨が続いていたせいで湿度が高く、熱気が部屋に籠もって、ますます臭いを強烈にしていた。

古い部屋には幾重にも洗濯紐が渡され、洗濯物がぶら下がっている。私たちはそれをくぐって奥へ進んだ。小さな居間にはビニール製のゴザが敷かれ、その上にシュミーズ一枚の痩せた老婆が座ってテレビを見ていた。認知症なのだろうか、こちらにはまったくの無関心で、我々が来ても顔ひとつこちらに向けない。彼女の脇を通って男性は奥の部屋へ我々を案内した。

薄暗い部屋の片隅には大きなベッドが置かれ、老いた男性がこちらに背中を向けて、くの字で横たわっていた。彼の父親なのだろう。見ると、シーツもタオルケットも下着もべっとりと便で汚れている。

「もうかなわんわ。助けてください。困っていたんですよ、下痢が止まらなくて」

「大変でしたね。今すぐお着替えしましょうね」

息子は、新しいタオルを持ってきて私たちに渡した。その間、父親は表情をこわばらせたまま身体を硬くしている。

「看護師さん、僕ね、今日は会社ですごく大事な用事があったんですよ。それが出がけにこのざまや。もう、本当に。今日に限ってなんでこんなことに」

彼は見たところ管理職世代だ。怒りと情けなさが混じったような顔をして、父親の寝巻を脱がせていた。

患者が身体を起こせる状態ならまだいい。いったん患者に座るか、立ってもらって、その間にベッドをきれいにできる。だが、寝たきりになってしまうと、ベッドをきれいにしようにも、患者の身体を起こすことすら難しい。介護に慣れていない頃、父もよく苦しげな顔をして、母の下の世話をしていた。

寝巻やシーツについた汚れは、あちらこちらについてしまう。シーツをはがすとマットレスにつくし、それが今度はベッドの枠につく。介護する側の手や服に汚れがついてしまえば、それは水道の蛇口にも、廊下にも、ドアノブにも、壁にも広がっていってしまう。

どれだけ看護師やヘルパーが来てくれても時間は限られている。家族の負担は決して小さくない。ひと昔前ならば、大家族で人手もあり、小さな頃から老人の介護を間近で見て学ぶ機会もあったのだろうが、今は介護を見たことも、手伝ったこともない人も多いだろう。

それでもがんの終末期の在宅看護であれば、やる気さえあれば期間が限られている分、頑張りがきくという人もいるかもしれない。しかし、老人介護は長期に及ぶことも少なくない。やる気や愛情だけでは続かない。きれいごとではないのだ。仕事と介護の両立に疲れ果てて離職してしまえば、貧困や社会的な孤立を生む。ほんの少しの外出すらままならない現実にストレスがたまる人も多いに違いない。

息子は父親の背中をタオルで拭き始めた。だが、ようやくきれいになってきた頃、再び父親は大きな音を立てて排便を始めた。やはり水様便だ。

「ああ、……くっそう。もう！」

絶望的なうめき声が息子から漏れる。

「なんで言わんのや。なあ、おやじ。なんで出るなら出ると言えへんのや。なあ。口もきけんのか」

息子がおむつを乱暴にはがすと、痩せた太ももと便にまみれた性器がむきだしになる。父親の顔は羞恥心と情けなさの入り混じったような表情になった。息子はいったん噴き出した怒りを止めることができなかった。タオルで父親の臀部を叩くようにして乱暴にぬぐっている。タオルを叩きつけるたびに皮膚が赤くなり、父親は口を開けたままの表情で固まっている。歯のない口は、顔の真ん中に空いた大きな穴のようだった。虐待のようにも思われたが、とても彼を責める気にはなれない。他人であれば寛大になれることでも、家族だと、距離が近すぎて感情のコントロールがきかなくなるのは理解できる。

看護師たちは、一瞬困ったような表情をしたが、笑顔を崩さないまま、バケツに水を汲み、タオルを水に浸す。息子にそれを渡すと、優しい口調で言葉をかけた。

「もう大丈夫ですよ。私たちが来ましたからね。ゆっくりやりましょう」

看護師に取りなされて、息子の険しい表情がほんの少し緩む。母親は、この騒ぎにもかかわらず、こちらを一度も見ることなく、ずっとテレビに顔を向けたままだった。彼女の横にある扇風機が首を振るたびに、洗濯物がかすかに揺れる。薄暗い部屋の中で、テレビがちらちらと青い光を放っていた。

人生百年時代と言われて久しいが、その言葉におののいてしまう。これからこのような光景はごく当たり前になるのだろう。家族愛という言葉で、何かを抱え込んだり、縛られたりする人はこれからもっと増えていくことだろう。

3

別の日のことだ。看護師の奥村が電話を受けて眉をひそめた。

「ちょっと心配な患者さんがいるんですよね」

奥村がその家に向かうというので、私も同行させてもらうことにした。やがて車は古いマンションに着いた。

金属製のドアは半開きになっていて、ビニール傘が扉と壁の間に挟まっている。いつでもヘルパーや看護師が中に入れるようにと、患者本人がそうしているのだと奥村は説明してくれた。

「こんにちは」と大きな声をかけながら、奥村は靴を脱いで中へ入っていく。私もそれに続いた。

部屋に入ると六〇代の痩せた女性がベッドに腰をかけていた。山口春子（仮名）は口を開く。

「ああ、看護師さん。あのね、転んで腰が痛いのよ。移動したいの……」

口調はゆっくりで機械的だ。あまり人との関係が得意ではないのだろう。こちらを見ることなく始終うつむいている。

事情を聞くと、トイレに行こうとして転倒してしまい、ようやくベッドに戻れたところなのだという。

だが、昼食の時間になって、今度は目と鼻の先にあるダイニングテーブルに移動ができない。テーブルの上には宅配弁当が載せてあった。春子はすぐそばにある弁当を見つめたまま、空腹にあえいでいたのだ。これではまるで遭難だ。

春子には病院に入院できない理由があった。彼女は自分の定めたルールに強いこだわりを持っているのだ。日常の行為すべてに手順があり、その通りにこなさなければストレスがかかってしまう。家の物は、すべてがいつも同じ場所に収まっていなければならなかった。春子は独特の秩序の中で暮らしていた。

彼女の大切にしている儀式のひとつにスリッパの履き替えがある。居間と寝室はふすまを開けると一続きになっていて、二つの部屋の間に段差はない。しかし、春子には、どうしても外せない大事なルールがあった。この小さな空間の中でも、居間にいる時は居間用のスリッパを履かねばならず、寝室では寝室用のスリッパを履かなければならなかったのである。

足が悪くなった今となっては、やめたほうがいい習慣なのだが、本人にとってはどうしてもやらなければならないことなのだ。朝、彼女は不自由な足でスリッパを履き替えようとして腰をタンスの角で強打した。動けなくなったが、助けを呼ぼうにも手元に携帯電話がない。一時間以上かかって何とかベッドに戻ってきたというわけだ。

そして今、春子は訴えている。

「お腹が空いたのでテーブルまで行きたかったんだけど、怖くて。ベッドからテーブルに行けないの」

手を伸ばせば届きそうな距離だ。それが彼女には果てしない。

「お願い。手伝って」

朝夕の弁当の配達は見守りも兼ねている。電話をしたら三〇分以内で駆けつけてくれる看護師がいることも心強いに違いない。

だが、こうなってしまうと一人暮らしは厳しい。食卓にも、トイレにも、風呂にも移動することは実質不可能だ。

彼女は奥村に背中を支えてもらうとよろよろと立ち上がり、二、三歩歩くと、スリッパを履き替え始めた。

私はそれを眺めていた。一〇分はかかったろうか。しかし、そのスリッパで歩いたのはわずかに三、四歩だった。

昔なら、地域や家庭には人があふれ、なんとなくそういう人はそういう人として、他人の手を借りながら、過ごすことは可能だったのかもしれない。近所にも親戚にもいろいろなタイプの人がいた。だが、いつからか社会に余裕がなくなり、人手がなくなった。周囲がどこまで彼女の希望を聞いてあげることができるのか私にはわからない。お茶が飲みたくても、歩かなければ取りに行くこともできず、食後のトイレにも行けない。誰かの手を借りてトイレから戻ってきても、今度は青いスリッパに履き替えてベッドへと戻らねばならず、夜になったらカーテンも閉めるだろう。肌寒ければ上着を取りにも行きたい。彼女はこの一日をどう過ごすのだろう。

部屋は殺風景で、見渡すと、壁やふすまなどいたるところに、ボコン、ボコンと大きな穴が開いていた。一部は模造紙で隠してあったが、多くは露出したままで、穴の開いた部分から木の梁《はり》が見える。奥村によると、息子が殴ったり、蹴ったりして開いた穴なのではないかという。その息子も一緒に暮らしていないらしくいつも彼女ひとりきりだ。

奥村が短期でも施設に入ったらどうかと諭すが、春子はつぶやくように言う。

「家で過ごしたいわ。家がいいのよ」

ヘルパーや看護師、見回りのボランティアなどによって彼女の生活は支えられていた。

廊下の真ん中にぽつんと置かれたゴミ箱があったので、何気なくずらすと、彼女の表情が瞬く間に変わり、突然金切り声で叫んだ。

「それは元あったところに置かなきゃダメなの！　戻してちょうだい」

すべての物は置かれる場所が決まっている。彼女が長年忠実に従ってきた「ルール」を支えるのがこの家だ。施設に入ったら、不安で仕方がないだろうことは想像がついた。春子にとってスリッパの履き替えはとても大切な行為だったのだ。同じ時間に、同じ場所で、同じ行為をして日常を成り立たせている。それが彼女の人生なのだ。

春子がテーブルに着席し、弁当のふたを開けるのを見届けて、奥村は彼女の手もとにお茶をセットした。

奥村が「また来ます」と声をかけると、彼女は初めて心細そうな顔をして、「また来てちょうだいね」と弱々しい声を発した。

奥村は、朝と同じように傘をドアノブにひっかけると、それを挟んで金属製のドアを閉める。

振り返ると、半開きのドアから彼女が何かを訴えかけるようにこちらを見送っていた。

「彼女、これからどうなるんですか？」

私が聞くと、奥村は困惑した表情を浮かべ、

「今日は連休の初日ですから、行政も休みなんですよ。何とかうちのヘルパーで対応して、休み明けになったら行政の福祉課に相談することになるでしょうね」

他人《ひと》ごととは思えなかった。家族が少なくなり、病人がひとりで家にいれば、いずれこのような時がやってくる。家で最期まで暮らすのはやはりさまざまな困難がつきまとう。

今日、明日を何とか暮らすことに苦労している人はたくさんいることだろう。

4

また別のある日。渡辺西賀茂診療所のマネージャーである看護師の村上に連れられて、一人暮らしの認知症の婦人の家へ行く。

「こんにちは」と呼びかけて家に入ると、白髪をぼさぼさにしたままの女性が洗面所の前に置かれた椅子に背中を丸めて座っている。見ると、彼女は無心に歯磨きをしていた。力まかせに磨いているのか、ジャッジャッと大きな音がする。口からは血液が唾液と一緒にだらだらと垂れていた。襟元も、袖口も、血液と歯磨き粉の混ざった唾液でぐっしょりと濡れている。

村上は、「どうですか？　調子は」と声をかけるが、彼女は手を止めずに歯を磨き続けていた。村上は「彼女、看護師さんだったんですよ」と言うと、この不可解な行動を解説してくれた。彼女によると、このいつまでも続く歯磨きは患者への口腔ケアの名残なのではないかという。だが、認知機能が低下し、いつまでも歯磨きをやめることができないのだ。彼女は過去の記憶の中に閉じ込められている。

彼女はつい最近まで現役の看護師として働いていた。独身だったが、生活を謳歌していたのだろう。センスのいいアンティークのタンスの上には写真が飾ってある。

「一説によると、認知症の患者さんは、一番いい時に戻るそうです」と院長の渡辺が言っていたのを思い出す。渡辺の担当で、徘徊のやまない患者がいた。最初は問題行動として、みなが迷惑がっていたが、よく聞いてみると元警察官だというのだ。彼は、毎日町の平和を守るために律儀にパトロールに出ているのだ。その理由を知って以来、スタッフはみな「パトロールにお出かけですか？」と声をかける。彼は安心したのだろう。険しい表情が和らぎ、夜にはよく眠るようになったという。

また、五人の子持ちだったという主婦は、人形をおぶって歩きまわる。子守歌を歌って徘徊するのだ。彼女はいまだに子育てをしているのだろう。

洗面所の窓明かりに照らし出される元看護師の女性を見た。白衣を着た優し気な彼女が、患者を支えて口腔ケアをしている姿が重なった。美しい記憶の中で、彼女はまだ人を助けているのだ。

認知症の人の行動を無理にやめさせると問題行動がひどくなるという。村上は、「私が代わりましょう」とうまく歯ブラシを取り上げた。気が収まらない婦人に、今度はうがいを促す。彼女はこくりとうなずいた。

私は彼女の家を見回す。テーブルの上のゴブラン織りのクロス、ほっそりとした形のクリスタルの一輪挿し。几帳面に折りたたまれて部屋の片隅に置かれたリネン。難しいタイトルの介護の専門書。丁寧に暮らし、人を助け、背筋を伸ばして生きてきた女性の姿が見える。

元開業医のところへ往診に行けば古い聴診器が、作家の家に往診に行けばうずたかく積まれた文献が、その人の代わりに過去を語り始める。

家は、患者の一番良かった日々を知っている。

二〇一三年　その5

家に帰ろう

1

思いがけず在宅療養の良さを実感するできごとがあった。それは私の母に起きたことがきっかけだった。

一二月。母の熱が下がらなくなった。三八度台が一週間ほど続いている。在宅医が血液を検査した結果、危険な領域にまで白血球の値が下がっているという。在宅医は父に指示をした。

「救急車を呼んでください。血液内科に行きましょう」

母とのアイコンタクトはもう取れなくなっていた。しかし、私たちは少なくとも母の体調や機嫌を読み取ることができた。すぐに救急車が手配され、A病院へと運ばれた。そこで検査されて結果を待つのだ。母は、容態が落ち着くまでそのまま入院することになった。

次の日に面会すると、清潔だった母の口には、鼻水のような黄色い粘液がすだれ状にかかって一部は固まっていた。私は、ケアを怠るとこんな風になってしまうのか、とぎょっとした。一日に三度、きっちりと口腔ケアを施している父にとって、その状態は耐えがたいものだっただろう。

「痰をそのままにしておくと、乾いて取れなくなってしまうんだ。無理にはがすと力がかかって皮膚を傷つけてしまう」

父はシャツの袖をまくりあげて、病室に置いてあった吸入器を手にすると、身をかがめて口腔ケアを始めた。父は昔から器用な人だった。職人かたぎの父にとって、介護は、日曜大工や庭の手入れと同じようなものかもしれない。

若い看護師がそれを見て、慌てて病室に入ってくると、厳しく父を叱責した。

「ちょっと。ちょっと、それ、やめていただけますか。私たちがやりますので」

思いがけず大変な剣幕だったので、私たちは怯んだ。

振り返ると、若い看護師が血相を変えて立っている。

「でも……、それじゃ、あんまりに母が……」と、反論しようとする私を見ると、父は目で制した。

「申し訳なかった。それではお願いします」と頭を下げた。白血球の値が下がっているのだ。看護師が心配するのもわかる。

しかし、この状態を見て、そのまま放置しておくのは耐えられなかった。目は目ヤニだらけ、鼻は乾いた鼻水で塞がれ、口は黄色い痰であふれている。

結局、病院ではルールが大事なのだ。家での自由な生活とは勝手が違い、ここは融通のきかない世界なのだ。

看護師は苛立ちを隠そうともせずに、せわしなく病室を出ていく。私たちはほっとした。

「看護師さん、忙しかったんだね。余裕がないんだよね」

私は父を慰めるようにして自分に言い聞かせた。私が入院した時、看護師たちはみな親切だった。病院だから、自宅だからというよりは、人に当たりはずれがあるのだろうと思えた。

ひょっとすると彼女は自分のケアによほどの自信があるのかもしれない。あれだけ強い口調で看護師が請け合ったのだ。きっと次は大丈夫だろうと思い、私たちは家路についた。

「プロにおまかせしたほうがいいね」

「ああ、そうだな」

「お父さんも日頃できなかったことをしたほうがいいよ」

「そうしよう、ちょっと床屋でも行ってくるか」

そんな会話をして、私たちは別れた。

次の日の夕方。父と病室を訪れると、部屋の温度が異常に高い。母は、一人きりで西日の当たる部屋に寝かされていた。

「この暑さ、ひどいね」
そう言いながら、コートを脱ぎ、私たちは母の顔をのぞき込む。その瞬間、私は小さく悲鳴を上げた。上唇と下唇が黄色い痰で覆われ、それが乾燥してくっついている。唇はひび割れ、カサカサに乾いていた。目尻にも黄色い目ヤニが吹き出したようにして溜まり、目は粘液で覆われていた。私は茫然とした。病人はケアしなければみるみるうちに弱る。生きる力さえも削《そ》がれたようだった。父が日頃どれだけ手をかけて母の清潔さを保っているかを見せつけられたような気持ちになった。嚥下ができなければこれほど痰が溜まり、ぬぐうことができなければこれほど目ヤニが溜まる。

顔を近づけると嫌なにおいがした。見ると、朝配られたに違いない顔拭き用のおしぼりが、「これで拭け」と言わんばかりに、すぐ目の前のテーブルに無造作に置かれ、冷たく硬くなっていた。夕方まで誰も構わなかったのだ。

誰もこの部屋に入って、母のケアをした気配がない。母の目や口に溜まった黄色いものに注意を払い、思いやりをもってきれいにしたという形跡などどこにもなかった。声を上げることができなければ、いつまでも放っておかれる。

「なんだかやり切れない」
私は大きくため息をついた。だが、私と違って父は極めて冷静だった。上着を脱ぐと、手を洗い、置かれていたおしぼりを水で濡らして丁寧に母の顔をぬぐってやる。そして家から持参したリップクリームで唇の保湿をし、化粧水で顔を潤した。

父は周囲を見回し、看護師がいないのを確認すると、昨日と同じように吸引器のスイッチを入れて痰を引き始めた。この粘り強さと冷静さが、彼を介護のエキスパートにしたのだろう。

いつもの家の風景だった。父は毎日のルーティンを冷静にこなす。母の意思表示がまだできた頃から、彼らは息を合わせてこうやって生きてきた。静かで穏やかな、言葉のない二人の会話だ。

だが、しばらくすると再び看護師が血相を変えて部屋に入ってきた。

父から、乱暴に吸引器を取り上げると、こうまくしたてた。

「ちょっとご主人やめていただけますか？　昨日言いましたよね」

私たちは顔を見合わせる。

「でも、あまりに苦しそうだったので……」

「看護師がやりますので。バイキンが入ると困りますからやめてください！」

〈バイキンって〉

私たちは二人で顔を見合わせた。あまりに的外れな一言だったので、思わず、父と目を合わせた瞬間に苦笑してしまった。

しかし、ここで抗議したら、まるで質《たち》の悪いクレーマーのようではないか。これ以上心証を悪くするのは避けたい。私たちは母の枕元から数歩下がった。

2

身内ながら不思議でしかたがなかった。父はどうしてここまで献身的に介護に携われるのだろう。義務でやっているのならこれだけ長くは続けられない。父は、自分の人生をすべて賭けてしまえるほど母が好きなのだろう。だが、私にはわかっていた。愛情だけでは介護はできない。私には父の献身がよく理解できなかった。同じ家族でも父と娘、タイプはまったく違った。

父は母のために、一日も欠かすことなく、せっせと病院に通った。

「少し休んだらいいのに」と声をかけると、「うん、そうだな」といったんは聞き入れるそぶりを見せるのだが、父はこの件に関して聞く耳を持たない。昼ごはんを食べると、出掛ける準備をしてバスに乗り、病院までの長い道のりを母に会いに行く。私も、そんな父を見かねて毎日同行した。

母の扱われかたは、惨状と形容するにふさわしかった。痰を引くためのチューブを無理やり鼻から入れたのだろう、行くと鼻血が出ていた。隠すつもりもないのか、拭いもせずに流れるがまま放置されていた。それは一筋の茶色い痕になって鼻の下で固まっている。

その光景が、私には衝撃だった。

母は明らかにおびえていた。何も話せないからといって感情がないわけではない。彼女の身体のこわばりや、顔の引きつり具合からどれほど苦痛なのかが伝わってくる。

「バイキンが入るなんて言っておきながら。これはひどくない？」

私はやるせなくなった。

「なんで血が出るようなことをするんだろうなぁ」

父は背中を丸めて母の頬に手を当てると、愛おしむようにして、朝配られたままのおしぼりで、顔をきれいにぬぐっていった。

空調の調整もしてくれないので、西日の当たる病室はさながら熱帯のようだった。母は顎を自分の意思で動かすことができないので唾を飲み込むこともままならない。口を開けたままで乾くのだろう、ねばりつく痰を口にあふれさせている。まつ毛には目ヤニがこびりついたまま固まっていた。

ひょっとしてこれは何かの罰なのだろうか。看護師の仕打ちは、まるで私たち家族に向けた何かの懲罰なのかとすら思えた。

母の身体を見ると、不自然にぐにゃりと歪んでいた。床ずれ防止のタオルが投げやりに当てられているため、無理な体位のまま寝かされていたのだ。これではつらいだろう。

父は感情的になるどころか、ますます冷静な口調になってこう言った。

「あの看護師さんたちは、きっと教科書に『口腔ケアをしなさい』と書いてあったから、口腔ケアをしているんだろうな。『この人は、口の中が気持ち悪いだろう』という思いで世話をしないから、こういうことになるんだよ。この寝かせ方だってそうだ。ただ体位を変えなくてはならないというきまりがあるから、ルーティンをこなしているんだ」

痙縮《けいしゅく》といって、母の手足はつっぱったまま硬直していた。身体を少しでも動かしてやらないと、ますます固まってしまい、やがて服の着脱もできなくなる。胸は開かなくなり、呼吸も困難になる。熱を出していたので身体を動かすことにはリスクも伴うが、このままにしていれば、それもまた母の命に関わることだった。

父はそっと母の手を取って、ゆっくりと伸ばしてやった。父は七年間、毎日欠かさずに、風呂に入れてマッサージをしてきたのだ。母の表情が、ようやく緩んで、目からは涙が零れ落ちた。

「ちょっと！」

突然、例の看護師の金切り声がした。

「ご主人！　そんなことして脱臼したらどうするんですか！」

私たちは再び顔を見合わせた。あまりに理不尽な言い分に苦笑してしまう。彼女には余裕がないのだ。そして、我々だけではなく別の何かのことで——たぶん病院の人手不足や、彼女の看護師としての資質のなさによって、——彼女は判断力と理性をすっかり失い、ただ腹を立てているように見えた。その時、おそらく私たちは、彼女の看護師としての資質のなさを目の当たりにして、無意識に彼女を見下げていた。同情すらしていたかもしれない。

「脱臼なんてさせるわけないじゃないですか。父が何年、母の介護をしてきたと思ってるんですか。七年ですよ。毎日、毎日、ずっとやってきたんです」

そう言いながら看護師を見ると、彼女はオーバーアクションでシーツの皺を直しながら、

「ご主人、あまり熱心にやると燃え尽きますよ」

と、口角を上げて言った。

私たちは彼女の背中を見つめた。ぼさぼさの髪をして、無理やり笑みを作って見せる看護師の顔は、疲労で青黒く見える。その病室の中で、どういうわけか彼女が一番不幸に見えた。どう見ても燃え尽きているのは彼女のほうだった。

毎日、処遇の酷さが目に余った。次の日、傷ひとつなかった陶器のような母の腕に、くっきりと新しい青あざが二カ所ついていた。さらにその翌日には、例の看護師が、「歯が折れちゃ

ったんですよ」と前歯を差し出した。

「ぐらついていたから」

そう言うと、病室から出て行った。

父は黙ってそれを受け取ると、死守という言葉がしっくりくるほど大事にしてきた母の大ぶりの前歯に目を落として、何事か考え込むようにしてしばらく突っ立っていた。


母の白血球は異常値を示したまま、もとに戻らない。


病院の前には大きな市民公園がある。父と私は毎日そこを通って一時間半の道のりを母に会いに行った。大きな銀杏の木が黄金色に色づいていた。

災厄は時々思わぬ贈り物をする。ぶらぶらと歩きながら、父は母との馴れ初めについて話してくれた。

父は母と親戚の紹介で知り合ったそうだ。

「最初のデートの時に雨が降ってね、父さんは田舎者だから、黒い長靴を履いて行ったんだよ」

父は広島の山あいから出てきて東京で就職した。昔から質素な人で、おしゃれとは無縁の人だ。

「それは、それは。お母さん、さぞかし嫌がったでしょう。吉幾三みたいじゃない？」

「まあな、そんな恰好をした人とは歩きたくないって、えらく不機嫌で」

私は笑った。容易に想像がつく。

「それで俺は一計を案じた。寄席に連れてったんだよ。そうしたら、まんまと作戦に引っかかった」

「へえ」

「母さん、笑ったんだよ。腹を抱えて笑ってた」

「へぇ」

「作戦勝ちだね」

「そう、作戦勝ちだ」

母が笑い上戸でなければ私はこの世にいなかったかもしれない。素敵なエピソードだった。

次の日、病院に行くと母の熱は三九度。父は母の死を意識した。

公園を歩く道すがら、この日の帰り道でも父は母との思い出話をした。

「新婚の頃、お母さんは毎日父さんを駅まで送ってきていたなぁ。だから、駅員さんも母さんの顔を覚えていてね。母さんが財布を忘れて電車に乗れない時に、駅員さんから『父ちゃんにお金もらっとくから乗りな』って言われたそうだよ」

父と母は双子のように仲がいい。昔からそうで、今でもそうだ。この人は母を喪《うしな》ったらどうなるのだろうと思う。

「ふうん、仲がよかったんだね」

「世の中の誰もがそうじゃない。でも、お前はそれが当然だと思うから社会の見方が甘い」

「そうだね。もっと喧嘩してくれないから悪いんだよ」

母はこんな父を置いていくつもりだろうか。介護しているうちは気が張っていたのか、母と離れて住む今は、一〇歳も年を取ったかのような父がいた。背中がいつもよりずっと小さく見える。

翌日会いに行くと、母は相変わらず、痰をつまらせてゼロゼロと音を立てている。苦しそうだ。看護師は呼んでもなかなか来ないし、来て痰を引いてもらっても、痛そうで母は身体を硬くして苦悶の表情を見せる。だから父は何度注意されても、看護師に内緒で痰を引いた。そして看護師に見つかって、そのたびにきつく注意された。

ある日、小さく身体を震わせていた父は、もう耐えられないとばかりに、突然大きな声で怒りだした。

「看護師さん、この状態を見てください。かわいそうじゃないですか。なぜやってあげてはいけないんですか。なぜ患者のためを考えてくれないの。バイキンが入るって言うけど、あなたたちの痰の吸引で鼻血まで出して、歯まで折れてるじゃないですか。これじゃあ、あんまりじゃないか」

私は父の子を四〇年やっているが、これほど怒っているのを見たのは生まれて初めてだった。恥と、情けなさと、くやしさと、悲しさと、そんなものがいっぺんに噴き出したような複雑な表情をしている。

「規則だからって頭ごなしに否定しないで父の言うことも聞いてやってください。長い間、父は母の手足となってケアをしてきました。父の言うことに五分でいいから、耳を傾けてやってくれませんか。父が言ってることは母が言っていることだと思って。お願いします」

見ると、父の目は真っ赤だった。そのやりとりを、母はじっと聞いていた。

その日、市民公園に落ちる夕陽はとりわけ赤かった。数日前まで黄金色に輝いていた銀杏は、早くも散り始めている。

父は黙りこくっていたが、やがて口を開いた。

「昔、父さんは親の商売の都合で、中国の天津に住んでいた。夕方になると何もない地平線に真っ赤な夕陽が沈むんだ。その頃、父さんはまだ三歳か四歳だったと思うけど、あの光景をまだはっきり覚えているよ。ある日、父さんは友達とケンカをした。友達が弟をいじめたんで、かばったんだ。でも、お前たちのおじいさんはこう言った。『ケンカをしたら謝らなければだめだ』とね。そして、父さんを離れた友達の家までひとりで謝りに行かせたんだよ、あの時は怖かったなぁ。もう太陽は沈みかけていて、あたりは暗くなってきている。あの頃、中国には人さらいが出て、子どもひとりでは危険だと言われていた。でも、お前たちのおじいさんは偉かった。ちゃんと責任を取らせたんだよ」

父は沈みかけた夕陽を見ながら歩いている。

「父さんが怒られたのはそれぐらいだ」

夕陽は、銀杏並木の中をゆっくりと沈んでいった。

その翌日、病室に行った父は、あの看護師を見つけると、深々と頭を下げた。

「すみませんでした。本当に大きな声で怒ってしまって申し訳なかったです」

看護師はマスクをしたまま、父をにらみつけて仁王立ちしていた。まだ二〇代とおぼしき若い看護師に、白髪まじりの父が頭を下げている。

私は、いつか潮干狩りの日、森山が唱えるように言っていた言葉をぼんやりと思い出していた。

〈おうちに帰ろう、おうちに帰ろう〉

その日、原因のわからぬまま、母の熱が下がった。こんな身体になっても、まだ母は父のために生きるつもりなのか。

退院の時、看護師が見送りに来たが、怒りは収まらないのだろう。にこりともせずに、慇懃《いんぎん》に挨拶をすると踵を返して立ち去った。それはもうどうでもいい。今後、彼女と会うこともないだろう。

母を介護タクシーに乗せると、父は母の傍らに、私は助手席に乗り込んだ。前日はひどい嵐だったが、その日の朝はよく晴れている。晩秋の樹々に付いた水滴が朝の日の光に照らされて、光っていた。

陽気な介護タクシーの運転手は、「いやあ、雨が上がりましたね。よかった」と祝福してくれた。

しばらく横浜の街並みを眺めていたが、再び私は尋ねてみた。

「お父さん、やっぱり家がいいの？」

父の答えは相変わらずまっすぐで、何ひとつ迷いはなかった。

「そりゃあ、そうさ。ねぇ母さん」

父は母の顔を撫でている。家族とは言え、この夫婦の強い結びつきは私にはわからない。

もしかしたら、私には永遠にわからないかもしれない。

二〇一九年

奇跡を信じる力

1

森山から依頼された本の共同執筆は一向に進まない。

「将来、看護師になる学生たちに、患者の視点からも在宅医療を語りたい。そういう教科書を作りたい」。彼はそう言っていた。

森山のその熱意に打たれて、私は彼と行動を共にしていた。しかし、横浜から往復で六時間かけてインタビューを取りに行っても、空振りで帰ることがほとんどだった。森山が訪問看護について語りだす気配はない。

「ちょうど出かけるところでした」というので、どこへ連れていかれるのかと思えば、夫婦で宇治までお茶を買いに行くドライブで、帰りは道の駅で米粉を買った。「米粉……」。私は米粉を嬉しそうに買い求める森山を見ていた。別に同行するのは構わなかったが、夫婦の団欒に割って入る闖入者《ちんにゅうしゃ》のようで、彼の妻に申し訳ないと思いながら奇妙な三人目として、肩身を狭くしてそこにいた。

家で話を聞かせてくれるというので、彼の書斎に顔を出したが、雑談に終始する森山がいた。

「干し芋はね、トースターで焼くと美味しいんですよ」。そう言われ、とろとろになった甘い干し芋を食べ、「葛湯は結構、作るのが難しい」といううんちくを聞きながら、葛湯を飲む。確かに美味しいけれど、本題からは逸れたままだ。看護学の話をしましょうかと水を向けるが、ほとんど話らしい話をせずに、学生時代の思い出話や、どんな本が好きか、がんサバイバーの集まる会がどれだけ素晴らしかったかを語ってくれた。

森山はきっと長い前置きのあとに本題を話すだろうと辛抱強く待っていたが、前置きだけで時間は切れ、話は終わった。

そもそも看護の現場から完全に身を引いている森山に、看護の本が執筆できるだろうか。彼の興味はこの時点で、看護からは完全に離れていた。今の彼が夢中になっているのは、「自然の中に身を置くこと」「自然食品を食べること」「湯治」「寺社巡り」「がんサバイバーの会」についてだった。森山の言い分はこうだ。そもそも身体の声を聞かずに、ストレスをためたためにがんは顕《あらわ》れた。だから、自分の身体が喜ぶ場所に行き、自分が一緒に過ごして快適な人といて、気持ちがよくなることをする。それが自然治癒力を高めることにつながる。

代替医療、ホリスティック医療と呼ばれるものに、彼は急激に惹かれていた。しかし、急な宗旨替えに家族も同僚もついていけない。

なにか、自分の人生とシンクロして、奇妙な既視感があった。私はここ数年の体調の悪さを理由に、フランス、バングラデシュ、インド、タイ、スコットランドなどの仏教施設やスピリチュアルコミュニティを渡り歩いたが、そこで彼と同じような人に大勢会った。現代医療では治らない病気、たとえば心の不調などを抱えた人も多く、祈禱《きとう》、不食、気功、瞑想、ホメオパシーなどの実践者がいた。日本人だけでなく欧米人のヒーラーと名乗る人々にもたくさん会ってきた。占星術、前世療法、マインドフルネス。私はいかに社会の一面しか見ていなかったかを痛感させられた。

人の自己免疫システムにはまだ科学で解明されていないことも多い。プラセボ（偽薬）で治験を行うと、治ってしまう患者も中にはいる。信じる力が病を治すこともあるのだ。瞑想が遺伝子レベルで人を癒す効果もあると伝えられる。そこに頼るのはむしろ自然なことかもしれない。

海外を歩けば、スピリチュアルなものに出会わないほうが難しい。メキシコやペルーなどに行けば、大きなキリスト教の教会を見かける一方、土着の呪術的な祭りにも遭遇する。どこにでも祈る場所があった。人類は有史以来ずっと祈ってきた。祈りには、人の心身を整える何かが秘められているのだろう。

しかし祈りが奇跡を起こすかと言われれば、残念ながら私はそれを目の当たりにすることはなかった。本当にスピリチュアルな人は、ただ祈るだけで完結しており、祈りたいから祈っていた。奇跡が起ころうが起こるまいが、彼らにとってはどちらでもいいのかもしれない。祈らずにはいられず、祈ること自体が彼らにとっての癒しとなる。だが、私は信心の中に入ることができずに、外側に出てしまった。

森山の置かれている状況は何となく理解できた。

「ラジウム温泉に行ってきましたよ。あれは効果てきめんで……」

彼は夢中になって温泉の効能について語りだす。森山の書斎で、一緒に甘いものを食べながら時間を過ごしていると、まるで授業をさぼって部室で雑談している学生のような気分になる。楽しくないといえば嘘になる。だが、同時にせつなかった。彼はただ理由をつけて話したいのだ。話していないと不安なのだろう。

あゆみが時々聞いてくる。

「あんな調子で本になりますか？　何の本が作りたいんでしょうね」

私は答える。

「さぁ……。私にも見えてこないんですよ」

彼は、がんサバイバーの会についても話してくれた。「がんが治るとひたすら信じて、自分を変えることでがんは治ると励まされた」という話だった。そしてその会のテーマソングを大きな音で何度も聞かされた。彼は、自分の本当の気持ちはがんになった者にしかわからないのだという。私はそれには強く同意した。

その頃の過ごし方について、森山に影響を与えている患者がいた。彼女はホノルルマラソンを走れば、がんが治癒すると信じていた。その信じる力が終末期の彼女にハワイにまで行かせる力を与えた。

「死ぬ瞬間まで、いや、ひょっとしたら、死んでしまっても、自分が死ぬとは思ってなかったんじゃないかな」と森山が言うほど、大きなエネルギーを持った人で、森山もまた、具合が悪くなればなるほど、せっせと山にでかけ、ドライブにでかけ、美味しいレストランへと足を運ぶのだった。

同僚に聞けば、最近森山は仕事場には顔を出していないようだし、たとえがんが寛解したとしても、もう看護の現場に戻るつもりもないらしい。それが彼の選択だった。今の彼は、西洋医学としての看護を語るような心境には、とてもなれないのだろう。

尾下は言う。

「自分よりも検査結果のいい人まで先に亡くなってしまう。それを見るのはつらいんだと思います」

友人としての立場なら、それを違和感なく受け入れることができた。話ならいくらでも聞く。しかし本を作るというプロジェクトはいまや完全に方向を失っていた。

「あそこの自然食品のレストランは美味しいんですよ」

「昨日は温泉に行きました。最高のお湯でした」

打ち合わせと称して話を聞きに行くと、そういう話で一日が暮れる。聞いているうちに、私はあきらめ、途中でレコーダーのスイッチを切り、ペンとノートも脇に置く。

彼は、信じているというより、迷っているように見えた。治るのだと信じきれない自分を何とか信じる方向へ持っていくように懸命になっていた。そして周囲の戸惑いに自分を投影してしまうのか、「周りが信じていないから、自分も完全に信じきれないのだ」と八つ当たりをした。

西洋医学での治療が手詰まりの中、身体の自然治癒力での寛解に望みをつないでいる彼には、もはや現代医療の看護で得た経験が邪魔にすらなっているようだ。

私は内心、彼の今までの看取りの経験が彼自身をも救うのではないかと期待をしていた。ところが、病状が進むにつれ本人は仕事から遠ざかり、在宅医療や在宅看護から距離を置く患者となった。

「彼の今までの仕事は何だったのか、今まで患者さんに語ってきたことは何だったのか。私、わからなくなるんですよ」

同僚の尾下はぽつりとそう語る。「もっと頼ってくれ」という気持ちなのだろう。特に尾下は、よき相棒として森山とともに激務に打ち込んでいた。彼女にしてみれば、仕事場にひとり取り残された気分だろう。


私は横浜の家に戻ってからも、彼に時折メールを送った。それでも彼は一向に看護について執筆しようとする気配も、私のインタビューに答える気配も見せなかった。

それは、患者が現実に向かい合い、最後の時間を有効に過ごせるようにと日々奔走していた森山の姿とは真逆に見えた。

「たくさんの人を看取ってきた森山さんだから、心の準備をしているはず」

多くの同僚はそう思っていた。

彼の心情を察して私は撤収すべきかもしれない。次第にそんな気持ちになった。

しかし森山は、相変わらず共同執筆にこだわっていた。彼は私との仕事に希望を持っていたのである。

森山は、気持ちを語る相手を間違えているのではないか。そんな気がした。彼の会話は喩《たと》えるなら、テニスの壁打ちのようなものだ。私は壁で、私から跳ね返った言葉を誰かが拾ってくれるのを待っている。彼はいつまでたっても家族や同僚に直接向き合って本音を話すことをしなかった。周囲はみな、森山が本音を語りかけてくれるのを望んでいた。

私は森山の不器用さが歯がゆかった。そういう性格なのか、あるいは人間は、距離が近いと本音を話しにくいものなのだろうか。

私はセラピストではないし、ヒーラーでもない。ノンフィクションライターだ。本音を聞き取るのが私の仕事だ。治ると信じ込もうと懸命になっている森山に、死に対する不安や、ともすると家族に対しての遺言めいたものまで聞き出そうとするだろう。

森山が私を呼んだ本当の理由を、私はなんとなく察していた。やがて来るだろう死を予感しているのだ。そして彼は言葉を残そうとしている。ところがそんな自分の本音に怯え、それを認めようとはしなかった。私は時折、自分がそばにいるのは残酷なことのように思えた。

長いインタビューを取っていると、表面的な言葉が次第に力を失い、本音が現れてくる。辻褄があわなくなってくるのだ。こちらが余計なことを言わなければ、そのうち本人にも思いもよらない言葉が出てくる。実際のところ、実務をこなしてきた森山には、自分の予後がほぼ正確に読めている。すでに自分の持ち時間が、月単位、週単位だろうと考えていることは、言葉の端々から読み取れた。死を覚悟したらそれが本当になってしまうと思うのだろう。森山は揺れていた。いずれ、そう遠くない時期に、私はまっすぐに死について聞かなければいけない時がやってくる。

そっとしておいてあげて、友達としてただ遠くから見守ることはできないのだろうか。

森山の病気が進んでいくうちに、私は苦しくなってしまった。森山が私に語りたいことがあるといえば、そのたびに新幹線に乗って会いに向かった。だが、彼が本音を語ったという手ごたえはない。

年が改まって二〇一九年になると、森山は抗がん剤の投与直後に肝機能が悪化し、医師からは肝不全直前の状態だと宣告された。あゆみに様子を聞くと、「もう、亡くなってしまうのではないかと思いました」と漏らす。この一件以来、あゆみは長い介護休暇を取った。

森山は、嬉しそうに「かみさんが介護休暇を取ってくれた」と話す。

幸い森山には激しい痛みはなく、腹部に違和感があるだけだったようだが、問題は肝機能の障害によってひどいかゆみに襲われることだった。かゆみもまたつらいのだと彼は言う。

「痛みについては薬も開発されていますが、かゆみについて緩和はできないんですよ。ヨモギローションを塗ると少しは気分がましになるので、夜中、かゆくて起きると、かみさんに塗ってもらっています」

黄疸で顔色の悪い森山は痩せていた。夜はよく眠れないのだと、憔悴の色を見せた。

2

二月。森山夫妻と琵琶湖の周辺をドライブし、早咲きの菜の花を見て、一緒に自然食のレストランに行った。その時、彼はさらにスピリチュアルな話し方をするようになった。

「がんは自分の一部でしょう？　身体の一部が僕にわざわざ悪さをしたいとは思えない。身体は何か言い分があってがんを作ったと思うんです。がんは身体からのメッセージです。がんの言い分をきちんと聞いてあげて、自分が変わりさえすれば、がんは癒えるはずです。だから僕はがんに対してありがとう、ありがとうと言い続けているんです」

「がんの……言い分ですか？」

「そう、僕の〝がんちゃん〟は身体のメッセージを届けるために現れたんです。今までの僕の生活ががんを作ってしまった。だから、がんに感謝して、がんの言いたいことを聞き取ることに専念したいんです」

私はあいまいにうなずいた。森山は、よりいっそう精神世界へと踏み込んでいた。彼の生に対する執着の強さも、彼が選んだ方向性も意外だった。

だが相変わらず、森山が心の底から信心しているのではないことが伝わってくる。その横顔には、自分の言った言葉を、何とか信じ込みたいという焦りが見て取れた。

「百パーセント信じなければ、がんは消えてくれない」

彼はもがいていた。そして明らかに苛立っていた。

「佐々さんも、そう信じてくれないと、がんは消えてくれないんですよ。佐々さんならわかるでしょう？　スピリチュアルな人だし、わかってくれますよね」

私も、体調を悪くした時はこんな感じだったのだろう。仏教に傾倒する私を、昔からの友人たちは遠巻きに見ていた。

病を得ると、人はその困難に何かしらの意味を求めてしまう。自分の痛みの意味、苦しみの意味。人は意味のないことに耐えることができない。だからこそ、自分の生き方を見直してみたくなる。なぜ病になってしまったのだろうか。今までの生き方が間違っていたからではないか。本当にこの生き方でよかったのか。自分には別の道があったのではないか。そして、心も身体もすべて委ねる大いなる存在が欲しくなり、それにすがりたくなる。

「きっと、佐々さんは信仰の場から戻ってきますよ」と、予言のように言っていた編集者がいたのを思い出す。そしてその通りになった。しかし断言できるが、あれは私にとって貴重な道程だった。命が短いと知ってから宗教に向き合うのは難しい。なるべく早く宗教については学んでおくべきだし、自分の信仰に対する態度を点検しておくべきなのだ。

ひとつだけ経験として得たのは、宗教というのは信じようと思って信じるものではなく、運命的に出会ってしまうものらしいということだ。私と宗教の出会いは、早すぎたのかもしれないし、遅すぎたのかもしれない。もし、私が重い病を得たら、今度は信仰に「落ちる」のかもしれない。だが、少なくとも今は信仰に篤《あつ》いとは言い難い。

一方で日本人である私たちの多くは宗教という名がつかない健康法については容易に信じてしまう。漢方や民間信仰、特別な水、特別なスープ、特別な健康法にマッサージ。エビデンスのない食事療法もやはり一種の信心である。それを支えにして生きようとする人もいる。ある医師によると欧米人は祈りにすがり、日本人は食べ物にすがる傾向があるという。

「スピリチュアル・ペイン」は存在すると実感した。森山の言葉は、魂の痛みを表現していた。医療では緩和できない根源的な苦しみだ。それを今、彼は擬人化した「がん」の言葉として語らせている。魂の痛みには魂の癒しが必要なのだ。

『佐々さんの原稿ができるのも楽しみだなあ。僕が赤を入れますからね」

彼のもうひとつの心のよりどころが、私の書くものであるのもわかっていた。語ることもまた、魂の治療なのだ。私の筆は一向に進まなかった。もう、森山も看護についての技術的な話などするつもりもないのだろう。

私はこのあたりになると、文章に起こすことをあきらめていた。森山が話したくない以上は自分にできることはない。「いつか文章にしましょうね」と言いながら、私は黙って彼のそばで耳を傾けることにした。それに、告白してしまうと、取材と称して、いろいろなところに行くのが楽しくもあったのだ。仕事であったが、仕事ではなかった。結局のところ、私もまだ、仕事に復帰できるほど心が回復してもいなかったのだ。がんという病気から癒されようとする森山と、心身の不調を癒そうとする私は縁という名の偶然によって結びつけられていた。

二〇一三年　その6

夢の国の魔法

いつものように看護師について行き、瀟洒《しょうしゃ》な一軒家に入ると、よく整頓された明るい部屋にディズニーグッズが並んでいた。カラフルで、いかにも娘二人がいるといった感じの家だ。森下敬子（四二）は四年半前に胃がんを発症し、今回も手術をして自宅に戻ってきた。彼女は夫と、中学生、小学生の娘二人とともにこの家に住んでいる。

敬子はきゃしゃな身体にパーカーを羽織り、暖かそうな帽子をかぶって出迎えてくれた。大きな瞳はくりくりと動き、高校生のようなあどけなさを残していた。

「在宅看護って言葉は知っていましたが、具体的にはどんな人が来てくれて、どんなことをしてくださるのか、知識はありませんでした。なので、病院から勧められた時には、自分の身体は訪問看護をしてもらわなあかんほど悪いんやなぁ、そこまでしてもらわなあかんようになったんかなぁっていうショックのほうが強かったですね」

敬子はそう語る。

「でもね、それで生活の質が改善されるのであれば、家に来てもらったほうがいいんだなとすぐに気持ちは切り替わりました」

と、笑顔になった。

『看護師さんたちは電話一本で三〇分以内に駆けつけてくれます。本来なら病院にいなあかんのに、いろんなケアをしてくれるのですごく助かっています。

私が入院したら、主人や娘たちの生活が滞ってしまいます。隣には主人のお父さんとお母さんもいるんですが、絶対に負担がかかるやろうし、この家はできる限り私が回していかないと。ここで踏ん張れているのは看護師さんたちのおかげです。病院に入ってしまえば楽でしょうが、家族と顔も合わせられへんしね」

子どもたちには、病状も含めできるだけすべてを伝えるようにしているという。

「変に隠すと子どもたちは勘繰ったり、心配したりすると思うんです。だからどこまで理解しているかわからないのですが、『いつ病院に行くかわからないけど、そうなった時に、家のことや自分のことができるようにしておいてな』と日頃から言い聞かせています。

今もいろいろなことを手伝ってもらってます。でも、それればかりではストレスもたまるでしょうし、バランスですね。ちょっと難しいかなと思うんですが、いざという時、何もできなくて困るのは子どもたちですから」

発症したのは、長女が小学校三年生、下の子が幼稚園の時だ。

「下の子はまだどんな病気かということは理解していないと思います。でも、自分にできることとは何かないかと思ってくれているみたいです。

下の子は薬係をやってくれています。

『ちいちゃん、あれ取って』と頼むと、『わかった、オキノームやな』ってパパッと取ってくれる。子どもたちは寝る前に防水用のラップを患部に巻いてくれるんです。自分が役に立って嬉しいんかなって。

上の娘は食事の後片づけをしてくれます。『ごめんな』って言うより『なっちゃん、ありがとう』って言うようにしてるんです。なっちゃんは、自分の思いより、他人のことを先に考えてしまう子です。あんまり負担かけすぎてもあかんなぁ、と思ってます」

敬子はこの日、別れ際にこう言った。

「あのね、インタビューだからといって、別にとりたててよく言っているわけやないんです。病気になって気づくことが本当に多いんですよ。たしかに大変な病気はしていますが、いろんな人によくしてもらったり、優しくしてもらったり、今まで気づくことのなかった幸せを感じてるんです。

寿命は確かにこの病気で縮まったかもしれません。それによって困る娘たちがいるのもわかっています。でも、病気になって無駄になることなんてないなと思ってるんです。娘たちにも現実を受け入れてもらうことは大切やし、無駄な経験だと思ってほしくないんです。

健康なお母さんが一番いいんでしょうけど、私はそうじゃなかった。でも、こういうお母さんでも、いろいろな経験をして、吸収してもらえることはあるんじゃないかと信じています。病気になったことをいいように考えて、娘たちにもそういう風に捉えて、大きくなってもらえたらいいなと思ってるんですよ」

それから、と彼女は言葉を続けた。

「佐々さんにひとつお願いがあるんです。子どもたちは強がっているけど、本当のところはどう思っているのか知りたい。こっそりインタビューしてくれませんか?」

私は、彼女の頼みを請け合った。

敬子の病状は日に日に悪くなっていた。尾下から連絡があったのはこの頃だ。

「森下さんのご家族とディズニーランドに行くことを計画しているんです。佐々さんいらっしゃいませんか?」

今回の同行も診療所の業務の一環で、尾下には交通費と日当が出るそうだ。彼らの取り組みには頭が下がる。

だが、ディズニーランドに行くまでに、敬子の病状はさらに悪化していた。がんは膀胱に浸潤し神経を圧迫していた。人工肛門をつけたが、薬を飲むために水分を入れただけで下痢をしてしまう。食べ物をほとんど摂れなくなり、栄養剤でかろうじて命をつなぐような状況だった。

敬子は尾下にこう漏らしている。

「主治医がびっくりするほど体調は悪いんです。でも、先のことはあまり考えずに、一日一日を大切にしたら、またいいことがあるんじゃないかと思っています。病気が治せる薬が出てきたり、奇跡が起きるかもしれませんよね。叶わないことかもしれないけれど、希望は持っておきたいんです」

ディズニーランド行きを延期したら、もう二度と行けないだろう。敬子が相談したのは、看護師の吉田真美だった。

「こんな状態でディズニーランドなんて行ってもいいものでしょうか。かえって家族に迷惑をかけたり、周りの人に迷惑をかけるんじゃないでしょうか」

吉田もがん経験者だ。二〇代で発症し、治療を重ねて現在人工肛門・膀胱をつけながら働いている。治療で腸壁が薄くなっており、いつ容態が急変するかわからない状態だ。そんな吉田には、入院先から娘の結婚式に出かけたという経験がある。

彼女が敬子の背中を押した。

「行きたいと思ったら行きなさい。行かなかったらきっと後悔する。チャンスは一度だけで二度とは巡ってこないもの。いってらっしゃい。後悔しないように。たくさん思い出を作って帰ってきてくださいね」

吉田は旅行の前日にこう記している。

○今回のディズニー行きに賭ける思い。母として思い出を作りたいという思いがひしひしと伝わってきます。がんが膀胱に浸潤しているとわかった時に決めたディズニーランド行き。覚悟の決断だったと思っています。私たちも退院後の状況の変化に驚いていますが、それ以上にご本人は驚き、苦しんでおられると思います。尾下さんも同行は大変でしょうが、ぜひとも敬子さんの思いに寄り添ってあげてください。

一〇月、身体にさまざまなトラブルを抱える中、ディズニーランド旅行は決行された。東京駅で会った敬子は車いすに乗っていたが、とても元気そうに見えた。家族もみな笑顔だった。京都の自宅から同行してきた尾下は、医療器具をスーツケースに詰めて、家族に寄り添っている。

京葉線に乗っていると、娘たちが窓の外を見て歓声を上げた。

「ねぇ、あれスカイツリーと違う?」

私は腰をかがめて目を凝らす。遠くにマッチ棒サイズのスカイツリーが立っていた。

「わあ、すごい」

娘たちは夢中でカメラを向けている。敬子は車いすの方向を変えて、窓の外を見つめた。

「ほんまや……」

車窓の景色が変わっていく中、スカイツリーはもやのかかった空の下、しばらく私たちを見送ってくれた。


敬子は本当にディズニーランドが好きなのだ。舞浜駅に着くと、目を輝かせていた。彼女はまずみやげ物店に入った。

「あれもかわいいし、これもかわいい。かわいいものいっぱいや」

敬子は夢中だった。

「しばらく見てもいいですか？」

まじめな顔をして聞いてくる敬子に、私たちは笑ってしまった。

「いくらでも見ていてください。森下さんの好きなことをしてもらうために私たちがいるんですから」

そう尾下が言うと、敬子は安心したような顔をして、店内の人混みの中に入っていった。尾下は彼女のことが好きだった。敬子のことを妹分のように思っていることが、伝わってくる。「車いす、邪魔やから」と途中からは車いすも店外に出してしまった。どう見ても、今日、明日の命とは思えなかった。

みやげ物店で小一時間過ごしてから、いよいよディズニーランドのアーケードをくぐる。すると遠くにシンデレラ城が見えてきた。ハロウィンの時期だ。そこにはキャンディーの箱をひっくり返したような、色とりどりのオーナメントが施されていた。園内にはいたるところにオレンジ色のハロウィンの飾りつけがされている。「うわあ」。子どもたちが歓声を上げて走り出す。

園内は平日にもかかわらずにぎやかだった。アラビアンナイトの仮装をした集団が、我々を追い越していく。アトラクションには相変わらずの長い列が続いていた。

一〇月も終わりになると風が涼しい。空気は澄んでいて、風景がくっきりと鮮やかな輪郭を持っていた。時折、夫が敬子の車いすに顔を寄せて何かを話して笑顔を見せている。車いすを懸命に押す次女と、荷物を持っている長女。ゆっくりとついていく尾下。その後を私は少し遅れてついていった。

秋の陽が落ちるのは早い。暖色の陽の光があたりを包む頃、ハロウィンのパレードが始まる。

山車の上に乗ったミッキーやミニーの踊りに合わせて、観客たちも一緒に簡単な振り付けをまねる。敬子は子どもたちと目を合わせて笑った。疲れも見せずに元気だ。

夜にはイルミネーションの瞬くエレクトリカルパレードも見た。まばゆいイルミネーションの中で目を輝かせていた彼女はただの一度も痛いとも、疲れたとも言わなかった。


一日が終わっていく。やがてシンデレラ城の上空にヒューッという高い音とともに、可憐な花火が打ち上げられた。仮装した若者たちから歓声が上がる。見上げた顔に当たる風が肌寒く感じられた。あたりを見回すといろいろな人が思い思いの表情をしている。初めてのデートの恋人たちもいるのだろうか。彼らも一生の思い出としてこの花火を心に刻むのかもしれない。

「今日が終わってほしくないなあ」

敬子は空を見上げながらそうつぶやいた。

「うん、終わってほしくないなあ」

娘たちは無邪気にそう答えた。

冷気の中、上着の襟を合わせながら花火を見たのは初めてだ。これから私はディズニーランドに来るたびにこの家族のことを思い出すのだろう。色とりどりの花火が大きな音とともに打ち上げられる。敬子の顔が一瞬照らされて、すぐに濃紺の闇に沈んだ。

その日、森下一家と尾下は近くのホテルに泊まり、私は自宅に戻った。


次の日は雨だった。

敬子は雨の中、合羽《かっぱ》を着て園内を回っていたが、前日からの疲れに加え、雨の中を移動したことで身体が冷えたのだろう、救護室で休むと言い出した。

そこで私が子どもたちに付き添うことにした。

「ねえねえ、お母さんが家にいるってどんな気持ち？」

私は敬子の望みに応えるべくインタビューをする。すると彼女たちは屈託なくこう答える。

「嬉しい！」

下の娘は、私に懸命に語りかける。

「あのな、あのな。お皿洗ったり、お野菜切ったりするの、楽しい。ザクッ、ザクッといい音すんねん」

私はそれを聞きながら、思わず頬を緩めた。お母さん、そっくり。

親の病状が悪化すれば、私の年でも怖いのに、子どもたちは幸せでいる方法を知っている。

「ねえねえ、お母さんのどういうところが好き？」

「優しいところ。それからお料理が好きなところ」
「ふうん、お母さんのどんなお料理が好きなの？」
「アップルパイ。あのな、お母さん、アップルパイを作ってくれた」
上の子は、そう言うと、敬子の作ったアップルパイの写真を見せてくれた。そういえば、長女の誕生日にはケーキを作りたいのだと敬子は話していた。敬子の思いはきちんと娘たちに届いていた。

私は心の中で、もっとゆっくり大人になってもいいよ、と思っていた。子どもは、大人を守るために、早く成熟してしまうことがある。私まで元気づけようとする娘たちがいじらしかった。

一時間ほど救護室で休憩を取っていた敬子は、「すっかり元気になった」と言って、子どもたちのもとに戻ってきた。けろっとした顔をして家族と一緒にアトラクションを楽しむ彼女の姿を見るにつけ、どこにそんな力があるのだろうと驚く。

夜になり、雨が止むと、家族写真を撮った。家族四人が肩を組んでピースサインを作った。誰もが晴れ晴れとした笑顔だった。

翌日、彼女は病院に入院した。

数日後、容態が悪いと聞いていたので、覚悟して見舞いに訪れたが、迎えてくれたのは家族の満面の笑みだった。また痩せてしまった敬子は、それでも微笑んで私を迎えてくれた。

夫は私に会うなり、感動しきりという風にこう言った。

「いただいた写真が素敵で、素敵で。それを見たら妻はいっぺんに元気になりました。まるで奇跡のようです」

敬子はベッドの中で「佐々さん、ありがとう」と言った。感謝はこちらのほうだ。細く白い手が信じられないほど強く私の手を握った。人生の美しさを感じること、喜びを見つけることを、この人は懸命に私たちに教えてくれているのだ。


一二月、危篤の知らせを受けて、尾下と吉田は敬子のもとに駆けつけた。敬子は何度も意識を取り戻し、最後の最後まで一人一人に声をかけた。やがて声が出なくなったが、それでもクリクリした大きな目を開けて、その場にいた全員の顔を見渡した。

家族の「頑張れ、すごいね」という声に励まされ、一生懸命呼吸をしていたが、やがて最後のひと呼吸をするとそれきり息を引き取った。

周囲が静まり返る。

パチパチパチパチ……。

思いもかけず拍手が起きた。拍手の主は敬子の姉だった。続いてその場にいた人たちから次々と拍手が湧き起こった。それはいつまでも続いた。みな、目にいっぱい涙を溜めながら、誰もが彼女の勇気あふれる姿に精いっぱいの賞賛を送った。ホスピス病棟でのことだ。

その後、しばらくして夫、顕児の挨拶文が届いた。

娘たちに「どんなお母さんやった？」と尋ねたらこう返ってきました。

「ひまわりみたいなひと」いつも明るくて笑顔が可愛くて、皆を元気にしてくれた。そんな面影が、妻の好きだったひまわりの花に重なったのでしょう。娘たちの返事に、私も妻の笑った顔を思い出し、つられて笑顔。早すぎる別れを迎えた今でさえ、家族を照らしてくれる妻は、本当に大きな大きな存在です。

病を患って四年半ほど。どんなにつらくとも、妻は決してあきらめず、前向きに闘い、私たちに「生きる」ということの意味について教えてくれました。

自分の足でしっかりと立ち、その時その時できることを精いっぱいやる。その姿に、何度励まされたかしれません。最期も、その数日前から意識がおぼろになっていたのに、はっきりと目を開け、私たちに言葉をかけてくれました。

耳にあてた電話からの「頑張りや」「待ってて」の声にも応え、親しい友人が駆けつけるたびに意識を取り戻し、話をして……。静かに息を引き取ったとき、皆からあふれたのは涙ではなく、惜しみない拍手でした。

立派でした。奇跡を見せてもらいました。私は妻を心から誇りに思います。

妻、森下敬子は平成二五年一二月一二日、家族や友人のぬくもりに包まれて四二歳にてその生涯を閉じました。

出会い、ともに歩み、妻の人生に彩りを添えてくださった皆様へ、ご厚情に深く感謝申し上げます。

森下顕児

そして、尾下から転送された次女からのメールは次の通りだ。

訪問看護西賀茂さんへ
今まで本当にありがとうございました！
ママと一緒にいれなくて寂しいけど、頑張っていきたいです。

ママは自分でも最後に「すごい」と言っていたように、本当にママはすごいと思いました！

最期にママが皆の名前を言ってくれたので、とっても嬉しかったです。

家の家事は、パパが仕事で大変だからなっちゃんと私で頑張っていきたいです。

ちさ

残された人々の心に、敬子が手渡したものが、しっかりと息づいている。私はひとり書斎で小さく拍手をした。

二〇一九年

再び夢の国へ

森山文則の二人の娘が春休みに入り、家族でディズニーシーに行くという。私は六年前に森下敬子たちとディズニーランドに行った時のことを思い出していた。

せっかく近くに来ているのだ。少しだけ森山に会うことにした。

舞浜駅から、モノレールに乗る。平日の車内はさほど混んではいない。曇り空の下、眼下に小さく、子ども連れやカップルが見える。こうやって見下ろしてみると、春休みの昼間、夢の国に行こうとする人々は誰もが幸福そうに見える。それぞれが抱えている悩み、苦しみなどは、見えやしない。おじいさんとおばあさんが寄り添っている。幸せそうだ。あそこに見えるのは車いすの家族、それからアジアからの観光客。

他人からは、私たちはどう見えるのだろう。

かつて取材で同行した敬子は、家族とディズニーランドに行くのを心の支えにしていた。歩くのは無理と言われる中、夢の国の魔法にでもかかったのか、彼女の身体は一時的に元気を取り戻し、遊び、はしゃぎ、乗り物に乗った。そして、夜のパレードを夢でも見るように眺めた。

私は生命の不思議さを目の当たりにした。診療所では、この日のことを「ディズニーマジック」と呼んでいる。森山もそれを意識しているに違いない。


合流すると、数週間ぶりに会った森山の顔色はますます黄色みを帯びていた。本人曰く、「肝機能障害で、今まで看てきた患者さんでもこんな数値見たことない」という数値が出てしまっているらしい。いつ意識を失ってもおかしくない状態だった。


森山の家族がジェットコースターに乗っているうちに、私と森山はミッキーマウスのショーを見るため、野外に並べられた観客席に座り、話を始めた。まだショーまでは時間がある。人もまばらだ。

どういう話の流れだったたか、その日は森山の前職の話になった。

「かつて僕が大学病院の小児科病棟でナースをしていた頃、子どもの生体肝移植に携わっていたことがあります。移植は身体への負担も大きく、たとえ移植をしたとしてもその後の体調がよくなるとも限らないんです。それに、両親が肝臓をあげられたらいいけど、それが何らかの事情で移植できないこともあるんですよ。

ねえ、佐々さん。もし、佐々さんのお子さんが臓器移植をしないと生きられないとなったらどうしますか？」

私は男の子二人を育てあげた母親だ。考えるまでもなかった。

「それはもちろん誰かくれる人を探します。きっと死に物狂いで探すと思います」

ほかの選択肢は考えられない。森山は私の意見に同意する。

「そうだよね。もしかしたら自分の兄妹や、親戚に頼むこともあるかもしれない。でも、くれなかったらどう思う？」

「……恨む。……正直言って恨んじゃうと思います」

自分の言葉の激しさに、思わずうつむく私を、森山がのぞき込む。私は絞り出すように「そして、恨んじゃう自分を責めるかも」と続けた。

「移植って、ドナーの善意がまずあって、その善意をレシピエントが受けとるんです。それが建前です。でも、その前提がずれてしまうことが多い」

「きれいごとですよね。誰かが死ぬのを待ち望んだとしたって無理もないんじゃないでしょうか。誰だってそうなる。自分の子どもが目の前で弱っていけば、誰だって」

抗がん剤治療を途中でやめてしまった森山が、静かに聞いている。

「実際には、そういう事態に直面すると、患者さんもご家族も、百人いたら百人葛藤するんです」

やはり、私には移植手術を前にした人の、気持ちの奥底はわからないのだ。

「でも、ようやく葛藤を乗り越えて移植しても、元気になるかというと、それればかりじゃない。つらくて苦しい手術の先に、その臓器がだめになってしまうことも少なくないんです。再移植をしてもお亡くなりになる子もいる。それでもやっぱり、再移植をしますか？　佐々さんならどうする？」

「でも、ほかに何が……」

日々、命の選択を迫られて立ちすくむ人々がいる。

突然、自分の選択で、家族が生きるか死ぬかが決まりますと言われて、苦しまない人がいるだろうか。長い闘病生活は過酷だろう。そして、それだけ苦しい思いをさせて、目の前で苦しむ子どもにまだ頑張れと言えるか。そして頑張らせたあげくに、その命を救えないかもしれないとしたら、その時の気持ちはいかばかりだろう。

医療的処置から離れて自然治癒力に賭ける森山が目の前にいた。その顔色を見たら、彼が身体のダメージを押して、ここまでやってきたことは一目でわかる。

「僕は、『この子だけが生きる支えだった』と涙する母親が、冷たくなった我が子を抱いて病院を去っていく姿を何度も見ました」

私は、思わずつぶやいてしまった。

「生きていてほしいんです。どんな手を使ったって」

誰に向かって生きていてほしいと言っているのか、もうわからなくなっていた。生きていてほしい。助かる可能性がわずかだろうが、死んでしまったら取り返しがつかない。

だが、そうやって頑張らせることがその人にとって幸福だろうか。そこまで頑張らせてこの世に引き留めることが、その人のためだろうか。

濃いグレーの空からは今にも雨が落ちてきそうだ。

ひたすら「がんの言い分」を聞いて過ごしている森山が、隣でじっと私の声を聞いている。私も、彼の声を聞く。

同じ肝移植でも、大人の場合はまた状況は異なってくるのだと彼は言う。配偶者がドナーになることを拒否したので、「くれないなら別れるわ」と、離婚を選択した夫婦もいるそうだ。そうかと思えば、本人がいらないと言っているのに、救いたい一心であげると言い張ってきかない家族もいる。

移植に限らず、さまざまな葛藤もある。ＡＬＳ（筋萎縮性側索硬化症）で人工呼吸器をつけてでも生きていたい本人と、それならこれ以上看護できないから離婚するという妻。年間一千万円以上かかる自身の免疫治療のために、住んでいる家を売ろうとする夫と、それに反対する妻。きれいごとではなかった。

　助かるための選択肢は増えたが、それゆえに、選択をすることが過酷さを増している。私たちはあきらめが悪くなっている。どこまで西洋医学にすがったらいいのか、私たち人間にはわからない。昔なら神や天命に委ねた領域だ。

「奇跡の恩恵を受ける人はいるんです。苦しい臓器移植をして、大学に行き、恋をし、旅行会社に就職をして、子どもが生まれたという患者さんも中にはいる」

　西洋医学の光の部分、かつてほとんどの人々が素朴に夢見た人類の進歩だ。

「元気になってほしいために、家族は葛藤してしまう。移植しないで済むなら誰も望んで移植したいなんて思わない。それでも、天から降ってきたかのような病気になる。そこで家族を追い込んでしまうのは何なんだろう。誰も追い込みたいなんて思わない。みんな救いたい、命をつなぎたい。それにもかかわらず、家族に苦しみをもたらす」

　森山の同僚に優秀な男性看護師がいたという。ひげづらで、子どもたちから人気があった。自分の似顔絵を描いて、手術の前にお守りと言って持たせていた。彼は森山よりずっと移植に前向きだった。彼は割り切れたのだ。

「でも、僕は割り切れなかった。ドクターは本当に凄腕のエキスパートです。海外に出張に行ったりして、腕を磨いていました。臓器を移植すれば命が救える可能性がある。それは名誉なことです。だから、医療がどこまでも、どこまでも行ってしまう。奇跡に憑りつかれてしまう」

しかしどれだけ医師が手を尽くしても、再移植、再々移植をしなければならない子はいる。入院期間は延び、具合が悪くなる。そして命を落とす子もいるのだ。

「その子のクオリティ・オブ・ライフは？　その子の人生は？　患者は、そしてその家族はどこまで頑張ればいいのか。親には決められません。決められっこない。でも、親でなければ誰が決めるんだろう。それはあまりに酷ですよ。

医療の選択肢が多いのは残酷でもあります。誰だって奇跡が見たい。人間の欲をかきたててしまう。医療者側も受ける側も、奇跡が見たいという欲望、わずかな可能性に賭けたいという思いが絶対にある」

ポツポツと雨が降ってきた。空にはまだところどころ晴れ間も見えて、明るい雨だった。集まってきた観客たちが、ざわつきながら空を見上げている。

「限界でしたよね。その葛藤は解決できっこない。今でも本当にわからない。何かのガイドラインがあればいいとは思うけど、ガイドラインがなければ助かったとか、よその国に行けば助かったとか、絶対に遺恨はあるでしょう。今でこそクラウド・ファンディングがありますけど、当時はそれもなかった」

私は、森山の痩せた横顔を見た。今の森山に、移植医療に携った経験がいよいよ色濃く影響しているように見えたし、そうでないようにも見える。

「それでもね、『移植はもういいです』と家に戻っていった患者さんとご家族がいらっしゃいました。僕が受け持った中では二組だけです。その姿が僕にはとても印象的でした。その選択をして、家に帰られた人はその後、どう過ごすのか、後ろ姿を見送りながら、僕は想像もしませんでした。とにかく忙しくて、気の抜けない職場でしたから」

それから何度かの転職を経て、森山は訪問看護師の道を選んだ。

在宅の看護師をしているのは、ただの偶然だというが、私にはそうは思えない。彼はたどるべき道をきちんとたどって訪問看護に行きついたのだ。

雨が本格的に降り始める前だったが、場内にアナウンスが響く。

「本日は天候不順のためショーは中止となりました」

客席がどよめいた。その代わり、ミッキーマウスたちがレインコートを着て、申し訳程度のダンスを踊る。

「ミッキーマウスってよっぽど雨に弱いのね」

誰かが大きな声で言ったのが聞こえて、その周辺から笑いが起きた。確かに、濡れてしまっては不都合な衣装だ。

私たちは席を立って、森山の家族に合流するため歩き始めた。雨は本降りになるかと思われたが、そのまま持ちなおした。

「見たかったんですけどね」

と彼は言った。彼は、ここに来るのは最後のチャンスだと思っているようだった。

私たちは、ミニーマウスの耳をつけた女子高生や、親子連れが笑いさざめく中を、歩いている。メタリックな風船が目の前に浮かんでいるのを眺めながら、「マーメイドラグーン」を横切る。通りかかった小さな子どもから甘いお菓子の香りがした。

「病院から家に戻ったからといって、あきらめたわけじゃないんですよ」

そう森山は言った。その背中は少し怒っているように見えた。

「家に戻ったからといって、死ぬ人になったわけじゃないんです。そこには、まだまだ希望がある」

そうですね、と私は同意する。

「なのに在宅で暮らしていても、予後予測をされる。あと一カ月、あと一週間と。僕もしてきました。それが大事だと思って疑っていなかったんです。それは必要なことだとわかっています。特に家族には大切です。まだ生きていると思っていたのに、突然その日が来るとしたら、困るだろうこともわかる。でも、死ぬ人と決めつけられて、そういう目で見られる。ああ、この人はあと少しなんやなと。そんな接し方をされると生きるエネルギーが削がれてしまう」

森山の歩く速度は驚くほど速い。痩せた身体で、すいすいと人の波を避けて歩いていく。まるで、何かの追跡をかわすように彼は歩く。

「あるサバイバーがこう言いました。『命はそんなにやわじゃない』。やわじゃないんです」

私は、森山に置いていかれないように、歩調を合わせた。抗がん剤治療をやめたからといってあきらめたわけではないと彼は何度も言った。私は背中に呼びかける。

「少し座りましょうよ」

森山は同意すると、通りに面したカフェのテーブルについた。

「でも予後予測って大事でしょう？　だいたいのことを知らせておいたほうがいいってことはないんですか。私たち一般の人間には、あとどれぐらいの寿命なのかわからない」

私は二人分のコーヒーを買うと、彼にそのひとつを渡した。

森山は、コーヒーに顔を寄せて、少し考えている。

「佐々さんにはわからないかもしれないな。当然だと思います。がんを体験したこともないんだから。僕らは家でより過ごしやすくするためのお手伝いをしているんであって、不安を助長してしまうような話はする必要ない。おうちで過ごすためにはこういうことが必要なんだよ、とアドバイスをする。

その説明のひとつに予後があると思うのですが、つまり余命宣告ですよね。そのウェイトがそれほど高いかと思うと、予後予測っていうのは、病状が悪くなればなるほど当たってくるもので、進行性のがんであと三カ月って言われても、そこはまったくあてにならない。一カ月になるかもしれないし、五年になるかもしれない。治ってしまうことだってあるんですよ。

もちろんいろいろな面での準備をするためにも、予後予測は大事なんです。来年の桜を見られないとわかったとしても、いきなりあと数週間で具合が悪くなったら、『先生、どういうことや』とショックを受ける。『まだやり残したことがあるのに』と思うでしょう。予期悲嘆といって、亡くなることを受け入れるまでの準備期間が必要です……」

森山は、少し混乱しているように見えた。幸か不幸か、彼には正確な予測が立つ。森山の検査結果から言えば、週単位、長くても月単位だ。彼も自分で時折、そう漏らしていた。

「それでも……。気持ちと身体のエネルギーというのかな。医療的な判断をはるかに超えているものがまだまだある。それを引き出してくれるのは、ある種の前向きさとか、覚悟とか、家族とか。そういうもので変わっていくというのはあるんですよ。あと何日と区切ると、生きる気力やエネルギーを削いでしまう。

良くなっている人はいっぱいいると思う。オプジーボをいれて劇的に治った人もいます。でも、使ってもよくならない人もいる。その違いは何だろうと。
そこで思うんですよ。『がんの言い分』があるんだと。環境を変えて、自分の行動も変わって、行動が変わることで、思い込みも変わる。そして、潜在意識の中にあるセルフイメージも変えてしまえば、治らないものも治るんです。がんも消えるんです。
でも、潜在意識まで徹底的に治るんだと思わないと、がんは消えてくれないんです。ここまで頑張ったのにっていうのが底辺に残っちゃっていると、がんが消滅するほど生まれ変わることができない。そこが治る人と治らない人の境目なのだと思います。西洋医学を使う、使わないにかかわらず、そこまで掘り下げて、自分と向き合った人が治る人なのかな」

私は向かい合って座っている森山の顔を見つめた。確かに彼は現代医療のナースだ。しかし森山の人となりを知っていれば、今の森山も理解できる。

彼は突如現れたがんと辛抱強く交渉をしていた。殲滅《せんめつ》ではなく対話を望み、敵対ではなく感謝をし、共存するため、宿主として協定を結ぼうと努力しているのだ。彼は、自分の人生を変えるためのサインとしてがんが現れたのだと意味づけた。自分の専門分野であった西洋医学との別れを決意しているようだった。

がんは治ると潜在意識の中でもすっかり信じきれた時、がんは消えると信じていた。いや、正確に言うと、信じようとなんとか努力していた。

耳まで黄疸で染まっている森山の後ろを、人々が過ぎていく。手をつなぐ若いカップル、ダッフィーのぬいぐるみをかかえた女の子と両親。ここは夢の国だ。

かつて私は敬子たちとディズニーランドにいた。動くのも不思議なほど体力のない中、彼女はこの場所で生きるエネルギーを与えられた。

森山は、そのエネルギーに浴することで、ひょっとしたらよくなるのではないかと期待していた。彼にとっては奇跡を起こす場所への巡礼なのかもしれない。

しかし、自分にはさほどの魔法がかからないことに、落胆しているように見えた。

「僕には、……山や温泉のほうが合っていたみたいです……」

なぜ、奇跡に浴する者と、浴しない者がいるのか。治るという信念がまだ足りないから、がんが消えないのか。彼は天から配られたカードの中で、懸命に勝負をしていた。

「くよくよ考えていたんです。なぜがんになったのかって。でも、ホリスティック医療の先生がこうおっしゃっていました。

因果応報という言葉があるけれど、因は生まれ持ったもので、いくら考えても僕らにはわからない。ある者は、病気になりたくなくてもなってしまう。逆に言えば、いくら病気になりたくても、病気にはなれないんです。

佐々さんは、『自分には森山さんの本当の気持ちはわからないと思う』と言いますが、当然です。病気にならないと病気のことなんてわからない。いいえ、がん患者にだってほかのがん患者の気持ちなんてわからない。わからなくて当たり前なんです。それはしかたのないことです。原因は持って生まれたものだから、自分でもどうにもなりません。でもこれからの縁は変えていける。得られなかった縁をこれから結んでいける。因にこだわらずに縁を大事にしていけばいいいんじゃないかと」

森山は、検査の数値が悪くなって動けなくなったらどうしようと心配していた。しかし、ホリスティック医療の医師は「数字には一切こだわるな」「数字は数の世界に過ぎないのだからこだわってはいけない」と励ました。

「数値が悪くなると、だんだん希望がもてなくなっていく。誰もが不安になる。でも、そういうことは脇に置いて、数字にこだわらず、誰がどんな風に思おうとも、行けるのなら、好きに行きたいところに行ったらいいって言われたんですよ。

敬子さんだって、すごく不安だったと思うけど、そこを割り切って、ディズニーランドに行りたから、あの素晴らしい笑顔で一日を過ごせたんでしょう。

僕らは、そういう人の背中を押して、不安を煽らない医療やケアをどれだけしてきただろう。人間の本来持っている力はそんなもんじゃないんだよ、と、看護師として伝えてきたのか、感じさせてきたのか、すごく疑問なんですよ。

病院だととりわけ行動を制限してしまう。自由にのびのびと生きる力を押さえつけてしまう。では家はどうなのかなっていうと、家だって歯止めがかかってしまう。本人がやりたいのにいろいろなところでストップをかけてしまう。これが本人のエネルギーを落としているんじゃないでしょうか。

『人生を生ききった』っていうところまで、存分にやりたいことをやる。そんなお手伝いをするのはもしかすると医療や看護のカテゴリーに収まらないのかもしれませんね。そうであるなら、僕は医療や看護じゃない部分に身を置きたいという気持ちがあるんです。もし治ったら。……治ったらですよ」

かつてバングラデシュの仏教寺院に宿泊させてもらった時のことを思い出す。ジャスミンの花が咲き、名前も知らない熱帯の蝶が音もなく舞う楽園だった。白いスピッツが子犬とじゃれ合い、孤児たちが勉強を教え合っていた。

そこには病を得た僧侶がひとり、孤児たちに世話をされて寝かされていた。昼になると、外のベッドに連れ出してもらい、日が暮れるまでうとうとしている。遠くからは、僧侶たちのお経が聞こえていた。美しく着飾った在家の信者たちが集い、病人のためのドネーションをしていく。その庭には、火葬場もあり、僧侶はゆっくりと弱り、死ぬとそこで焼かれ、灰は壁に塗り込められる。

タイのジャングルの中に森林派の僧侶がいて、そこに滞在したこともある。鬱蒼とした森の真ん中にやはり火葬場があって、そこで焼かれた僧侶の遺骨は、ジャムの瓶の中に無造作に納められていた。瓶には雨水が溜まりぼうふらが湧いていた。

そのコミュニティーの中で、生老病死は、何ひとつ、カモフラージュされていなかった。大きなトカゲやヘビのいる森の中で、病も死も自然のサイクルとして置かれ、風雨にも、人の目にもさらされている。

スコットランドのスピリチュアルなコミュニティー、フィンドホーンでは、花々や草木が病んだ人々の心を癒すし、来日したチベット仏教の僧侶はこう語った。

「チベットの子どもたちは、生まれた時から死ぬための準備をします」

人は何に癒され、どんな治療を受けるのか。何を信じて、どう死んでいくのか。唯一絶対の正解などどこにもなかった。

世界には、標準治療に載らない選択肢が無数にあるが、現代の多くの日本人は標準治療というコースを選択する。しかし、そこで打つ手がなくなった時に、帰っていく場所を持っていないし、死の準備教育もされていない。

「多くの人は標準治療のベルトコンベアーに載せられて、そこであと何カ月という宣告を受けます。ベルトコンベアーに載らなければならないというのが、ほとんど確立していて、医師によって、生きる期間まで予測されてしまう。

でも難しいと思うんです。その枠をとっぱらって、『好きにしていいですよ』と言われた時の不安感に僕らは耐えられない。それは、その人のせいではなくて、この国、この社会が培ってきたものがそうさせているんです。

たとえば、離島で看護師も医師もいないところで出産し、病気になる人々の覚悟の決め方は、119番に電話したらすぐに救急車が来る社会に住む人々とは違っている。僕らは社会に影響を受けているんです。そうじゃない世界を見てきている人にしてみれば、そうじゃない選択だっていっぱいあるんですよね。そして、これからはそうじゃない世界を見る気運が高まっていくはずです。

ただし、そういう豊かな生き方ができるかどうかは、医師にべったりと依存することなく、自分の命にどれだけ覚悟が持てるかにかかっている。そういう心構えで医療を利用してもらうことが大切だと思います」

西洋医療原理主義であろうとも、ほかの選択肢がなかったとすれば、やはりそれは縁なのだと彼は言う。がんの終末期にもかかわらず、ホノルルマラソンを走った患者のように、医療の外側の世界を手繰り寄せる人もいれば、医師にすべてを委ねたまま、ありがとう、ありがとうと手を合わせて亡くなる人もいる。

「出会う、出会わないも、縁のもの。この世で結べなかった縁も来世で結べるかもしれないしね。そう思うと、少し楽になりませんか？」

私たちの決断は、自分でしているようでいて、そうではないのかもしれない。

育った環境や、自分が見聞きしてきたもの、出会った人の姿に私たちは影響される。もし、私たちが別の家庭に育っていたら、あるいは別の職についていたら、違う選択をしていたかもしれない。人生の選択は、本人の意思ひとつであるように思いがちだが、目に見えないものによって大きく左右されている。

どれほど努力しても、個人の力ではどうすることもできない、目に見えない潮目はあるものだ。私たちはその大きな海の中をひたすら泳いでいる。その大きな力が働いているとは気づきもせずに。

森山の家族がアトラクションの前で列に並んでいるのと合流した。

「一緒に乗りましょう」

と誘われたが、それを辞して、私は夢の国を後にした。

二〇一三年　その7

グッドクローザー

渡辺西賀茂診療所で週に一度診察をしている医師、早川美緒《みお》は一〇年ほど前に、ある大学病院で、肺がん末期の男性を受け持っていた。診察に行くと、彼は呼吸苦に悶えている。意識が混濁し、のたうち回って、何度も酸素マスクを振り払おうとする。

「マスクを外すと、余計苦しくなりますよ」

早川の呼びかけを、彼は理解できなくなっていた。手がさまよい、何度もマスクを外そうとする。それを押さえながら、早川は何とかして彼の苦痛を取り除いてあげたいと思った。

彼女の見立てによると、彼の余命はあと一週間前後。これ以上急速にモルヒネ投与量を上げると、呼吸が抑制されすぐに死に至るかもしれない。

患者はいやいやをするようにして首を大きく振りながら、涙を流してこう言った。

「先生、もうええやろう?」

それを聞いた瞬間、早川の中で何かが弾けた。彼女は看護師に指示を出す。

「モルヒネを増やしてください」

「でも、先生、大丈夫ですか?」

「いいから増やして。何があってもあなたのせいじゃない。私がすべて責任を負うから」

死に直結するかもしれない。そんな不安がなかったわけではない。だが、何もしないわけにはいかなかった。できる限りの手を尽くして、患者の苦痛を取り除くことが大事だと早川は判断したのだ。痛がる患者を放っておいたとしても、医師は責任を問われない。ことなかれ主義に徹すれば、自分の身が危うくなることはないのだ。だからといって、このまま苦しませておくことができるかといえば、彼女にはそれができなかった。

幸いなことに、投与してしばらくすると、患者の表情が落ち着き、穏やかになっていった。患者に対する想いが強くなければ、そのまま放置していただろう。苦しむ患者を見たくなければ、患者のもとから黙って立ち去り、「自分にできることはもう何もありません。私は主治医としてできる限りのことをしました」と、家族に言えばいいだけなのだ。しかし、彼女の性分がそれを許さなかった。

患者は穏やかな時間を過ごし、その三日後に息を引き取った。

「主治医がどれだけ人間的であるかが、患者の運命を変えてしまうんですよ」

早川はそう語る。

「患者さんが過ごす場所は、どこでもいいんです。その人が心地よくいられればそれが一番いいと思う。病院だって、ホスピスだって、自宅だって、どこだっていいんです。でも、主治医は大切。どんな場所でも、素晴らしい出会いをして、素晴らしいひと時を過ごせる人はたくさんいます。在宅だからいいとは限らない」

しかしこうも付け加えた。

「患者にとって一番過ごしやすいところはどこかなって考えていたら、私は在宅に行きつきました。私たちの側から見ても、患者にとっていい医療を実践しやすい場所だと考えています」

彼女は大きな病院に勤務していた時、がんの子どもたちを診ていた。

「ドラマではたいてい、純真で無垢な天使みたいな子が出てくるでしょう？　そんなのまずフィクションですよ。ほとんどがふてくされて、甘やかされて、わがまま放題です」

彼女が担当だった一六歳の少年もそうだった。彼の両親は離婚し、父親と一緒に暮らしていたが、がんが見つかり、入院を余儀なくされた。元気な頃はサッカーをしていたが、すでにボールを蹴ることができない身体になっていた。父は典型的なサラリーマンで、少年のことを持て余していた。

「仕事が忙しいし、なかなか会いに来られないんですよ」

表情もなく、ほとんど話をしない息子と向き合っても間が持たないのだろう。週に一度来ても、五分もいたらそそくさと帰る。そんな親子関係だったのだ。

少年は看護師とも一言も口をきかなかった。早川とも同じようなものだった。

そこで、早川はこんなことを聞いてみた。

「君は何をしたいん？　なんでもできるとしたら、何をする？」

「どうせ、できないんでしょ？」

彼は睨むようにしてこう言った。

「わからんよ、言ってみて」

すると少年は言い淀むようにしてこう言った。

「うちに帰りたい」

「帰りたいの？　帰れるよ」

すると彼の顔が輝いた。

「えっ、帰れるの？」

「うん、帰れる。看護師さんたちに家に来てもらおう」

少年は早川に初めて心を開いたように見えた。

だが、父親のほうは息子の願いに戸惑ったようだった。

「でも、息子の看病なんてできるかどうか……」

そう言っていたが、結局、余命わずかな息子のために介護休暇を取って家で過ごすことに決めた。

最後の数日は、痛みが強くなった。

父親は毎晩、夜通しで息子の背中をさすってやった。病院で一言も口をきかなかった息子は、ようやく父親に打ち解けるようになっていた。

だが、子どもは親の幸せを望むものなのかもしれない。

「お父さん、夜に寝られないのは大変でしょう？　もういいよ。病院に入る」

そう言った息子は救急車で病院に運ばれ、それから二日後に亡くなった。

早川のところに挨拶に来た父親は、感謝の言葉を残して帰って行ったという。

早川は、父親の後ろ姿を見てこう思ったという。

「亡くなる人って遺される人に贈り物をしていくんですね。その時、彼は父親の顔をしていました。子どもが父親にしてくれたんだなあって。あの子の最後のプレゼントでしたね」

在宅医療は医師の裁量が大きい。患者のために最善を尽くせる現場は在宅なのだと彼女は考えている。

そんな仕事をしているにもかかわらず、早川は小さな頃から死が怖かったという。

「死について考えていたら、夜眠れなくなってしまって。それで、どうしたら苦しまずに死ねるかを突き詰めて考えていたら医者にたどり着いたんです」

まっすぐだが少し変わっている。たぶん、そういう変わり者が少ないので、緩和医療が進んでいかないのだろう。

以前は病を治すことが何より大事で、苦痛を取り除くことにはあまり関心が持たれていなかった。

医療にとって死は敗北であり、苦しみを取り除くことは二の次だという空気があったのだ。

「一〇年前、私が新人だった頃は、治療方法のない末期がんの患者さんには、何の経験もない、ひよっこが割り当てられました。助からないとなると、医師は興味を失っちゃうんですよ。『じゃあ、君、あの患者さん診て』って感じ。でも、未熟だから何にもわからないんです。新人同士で『この薬がいいかな』『あの薬使ってみよっか』って相談しながら受け持っていました。怖いですよね。少なくとも私にとってはすごく怖かった。でも、研修医時代ってそんな感じだったんです。いまだにそんな病院があるかもしれません。医者は治らない人に興味はないんですよ。でも、私思ったんです。医者ってこんなのが平気なのかな、何も感じないのかなって」

研修医時代、彼女は自分の知識のなさと無力さが悔しかった。それと同時に疑問も感じていた。いったい医師の倫理とは何だろう。人として当たり前の感情が欠落しているのに、なぜこの仕事ができるのだろうと。

早川には忘れられない光景がある。ある夜、肝臓がんの高齢の女性が、肝内腫瘍出血でICU（集中治療室）に運ばれてきた。肝臓は腫れあがっており腹水も溜まっている。腸の動かないいわゆるイレウス（腸閉塞）の状態にあり、腸管にはガスが溜まってパンパンになっていた。医師たちはこの死の迫った、手の施しようのない女性の治療方針について相談し始めた。みな、救急医や集中医療を専門とする医師で、肝臓がんや終末期医療の専門知識がない。

医師たちは呼吸を確保するために口に挿管し、患者はその時声を失った。

やがて医師のひとりがこう言った。

「とりあえず腸にガスが溜まってパンパンだから肛門管を入れてガスを抜こう」

早川の見ている前で、身体の大きな男たちが患者を取り囲んで、おむつをべりべりっとはがすと、女性の足を開いてこう言った。

「ちょっと、ごめんね」

太い腕で肛門に管を挿し込んでいく。管といってもビニール製のただの管だ。男性医師たちは、彼女の腹部をガスが出るようにとぐいぐい押し始めた。

早川は胸がつぶれそうになった。

「患者を囲んで『ガスは出たか？』『いやまだ出ないな』って言い合ってるんですよ。ガスが溜まっていたとしても、すぐにプシューッて出るはずがないじゃないですか。その間、肝臓から出血するかもしれないから絶対動かないようにと言って、女性は台の上にカエルのように寝かされていました」

早川が見ていると、患者の目からひと筋の黄色い涙がこぼれた。早川は立場上、黙って見ているしかなかったという。

「目の前の光景はショックでした。私心の中でこう思ってたんです。『何してるん？　この人たち、人間に対して何してるん？』って。まともな感覚を持っている医者もたくさんいるんでしょうが、そうじゃない人もいました。彼らは人間を人間だなんて思っていませんよ。患者がどんな想いで、どう死のうと関心がないんだなと感じました。廊下の真ん中を通っている看護師に向かって『誰が真ん中通っていいって言った』と叫ぶ医者もいました。時々クレームをつける患者もいますが、多くの人は命を握られているから、顔色をうかがって何も言えない。お金を持っているから、人がいっぱい集まってきてちやほやされるし、誰にも批判されるわけじゃない。普通の感覚を持っていない人もいるんですよ」

それでも時代の流れは変わり、人間らしい医療を受けられるようになってきた。

「昔は命を長引かせることが何より優先されたんです。あれから世間の風向きも変わり、医療の現場もずいぶん変わったと思います。以前、アナウンサーの逸見政孝さんが『がんと闘ってきます』と話されていましたよね。あの頃は病気に負けることが許されない時代でした。病気に負けないことや、どんなことがあってもファイティングポーズを取ることが求められていたように思えます。その雰囲気は医療サイドにしてもそうでした。それは、そんなに昔のことじゃありません。ほんの十数年前までそうだったんです。でも、最近キャンディーズの田中好子さんが、自らの声をテープに吹き込んでいましたよね。あの中で、『私、負けるかもしれない』と言っていたのが、とても印象的でした。私はあれを聞いて思ったんですよ。とうとう世の中がここまで変わってきたんだって。もう闘わなくてもいい、がんに負けてもいいんだって思える時代がようやく来たって。そう思いました」

黒い髪をひとつに束ねた早川は、静かにそう言った。

少しでも人間らしい医療がしたくて、彼女は在宅医療の医者になった。在宅医療は医師の裁量が勤務医より大きく、患者も自由度が高い。もちろん医師の知識や経験が未熟なら、患者は不幸である。だからこそ、勉強にも余念がない。だが、意欲や知識が人一倍あっても、彼女の悩みは尽きない。

「時々、思っちゃうんですよね。いい医者かどうかなんて患者は検証もしない。年を取ってて、威厳がありそうだと、そっちをありがたがる。医療というのは、究極のところ、すべてが延命行為です。ですから、どこまでやって、どこでやめるかを決めるのは医師次第。でも、在宅診療の医師は医療知識が追いついていない人が多いんです。片手間で始める人が多いので、『なんでこんなになるまで放っておいたんだ』というケースもあるんです。いい死に方をするには、きちんとした医療知識を身につけた、いい医師に巡り合うことですね」

「どうやって見分けるんですか？」

「その方法がないから問題なんですよ」

そんな経緯があって、彼女は今、渡辺西賀茂診療所で往診をしている。だが、在宅の診療は一筋縄ではいかない。彼女の往診に同行した日のこと。前の患者の往診が長引いてしまい、次の家に行くのが遅れてしまった。患者の家には、その旨連絡をしたはずなのだが、扉を開けると、俳優の中尾彬《あきら》にそっくりの、いかつい患者の家族がカンカンになって出てきたことがある。彼女と、看護師の奥村、そして私と三人並んで正座させられ、説教を食らった。その時間実に一時間半。途中で、外では猛烈な雨が降ってきた。さらにはピカッと稲光がして、大きな雷鳴がとどろいたのである。

その修羅場をくぐったからか、彼女と私には妙な連帯感が生まれた。

彼女は、いまだに死が怖いという話をする。

「自分の命日は、春になるか、夏になるか、秋なのか、冬なのかって考えません？」

そんなことを聞いてくるのだ。

「いやだ。そんなこと考えたこともないですよ。そんなの気にしてたら、終末医療の取材なんてできません」

私が笑うと、彼女はぶるぶるっと身震いして、

「自分の命日を考えると、怖くて眠れません」

と言うのだ。

「早川先生、命に関わらない治療をしたらどうですか？」

と笑うのだが、たぶんそれほどまでに死が怖いからこそ、患者の側に立って診察ができるのだろう。彼女は、どうやって穏やかな死を迎えてもらうかをデザインすることも、医師にとって必要な仕事だという。

私は早川に尋ねてみる。

「予後の告知も大切な仕事ですよね」

彼女は大きくうなずいた。

「それもまた、エンド・オブ・ライフを迎えた患者にとっては、デリケートで大切なことなん

です。数カ月前からきちんとコミュニケーションを取って、どんな考え方をする人なのかを知ってから告知をします」

「みなさん、告知を受け入れるものですか？」

「これはかりはいろいろですが、今まで生きてきた人生そのものが大きく影響しますね。絶対に死を受け入れない、最後まであきらめずに闘うという人もいれば、柔軟に受け入れる人もいます」

「私はあまり人生に未練がないから、簡単に『ああ、そうですか』とあきらめちゃいそうですけど」

早川は、私の顔を見つめると、ややあって苦笑した。

「ええ、ええ。みんな元気な時にはそうおっしゃいます。でも、いざそうなってみると違うようですよ」

なるほど、そういうものかもしれない。人間はどこかで、自分だけは死なないと思っている節がある。

「やはり余命宣告を受け入れる人のほうが、受け入れられない人よりも楽なんでしょうか」

「それはそうだと思います。自分の運命をすっと受け入れられる人はそういう人生を歩んできたんでしょうね。もしかしたら、今までトラブルに遭っても柔軟に対応してきたのかもしれませんよね。でも、こればかりは受け入れろと言っても無理なんです。受け入れることも、受け入れないことも尊重する。それが医療者に求められていることなんだと思います」


早川はひとりの患者と出会った。

顔にできたがんが大きくなり、外からでも悪化しているのがわかった。告知も受けており、予後がどれぐらいかも薄々気づいていた。

しかし、彼は言うのだ。

「先生、わしが病院を建てたる。先生はそこで働いてがんを治してや」

彼は自分の運命を受け入れてはいなかった。見立てでは予後は数週間。彼には家の事情もあるため、人工呼吸器などの延命処置を受けるかも含めて、本人と話をしなければならなかった。

それでも、彼は明るく言うのだ。「わしが病院を造っちゃる」と。

早川はどう告げるべきなのか、思案していた。

ある日、彼は早川に尋ねてきた。

「来年、わし、桜を見られますよね」

彼は笑っている。だが、目には不安の色が浮かんでいた。

こんな質問をしてきた時、患者は予後が長くないことを予感している。そう早川は感じている。患者は、彼女に、もっと生きられると言ってほしくてこんな質問をしているのだ。

「余命はあとどれぐらいですか」

患者は正面切ってそうは聞けないものだ。だが、桜の話なら聞ける。

早川は答える代わりにこう質問をする。

「あなたはどう思います？　桜を見られそうですか？　頑張れそう？」

「……」

彼の目に戸惑いが浮かび、やがて瞳が潤んだ。

「見られんのやね」

早川は黙ってうなずく。

「……そうですか」

ことり、と音を立てて、真実が受け入れられたように早川には思えた。

「……そうですか。ありがとう」

彼は早川の見立て通り、数週間ののちに亡くなった。

それからも、いろいろな患者から尋ねられることがある。

「来年の夏には、私はここにいるのかしら」

「三カ月後もまだ入院しているのでしょうか」

早川は、その問いに対して静かに問い直す。

「あなたはどう思いますか?」

すると、ほとんどの患者が自分の運命を受け入れるのだという。やはりそうだったか、という顔をして。

予後告知は医師がするものではない。患者自身が感じているものを引き出すのだ。人間は、どこかで自分の死期を予期する能力があると、早川は感じている。

彼女はこう語る。

「家族にも、ヘルパーにも、看護師にもできないことがあります。それは最後の数週間のプロデュースです。その人にとって、もっとも大切な残り時間をちゃんと考えてくれる医師と会うのと会わないのでは、全然違う。本人の意思に反する延命措置をしないことも大事ですし、臨終間際に意識をどの程度保つようにするかも、最終的には医師の判断が影響します。

もしこの人なら精神的に耐えられる、この家族だったら患者を支えられる。そう判断したら、できるだけ意識を清明に保つようにします。でも、そういう人ばかりではない。家族ともうまくいっておらず、痛みでパニックになり、もだえ苦しむ人もいる。そういう時は意識レベルを落とすようにコントロールする。それは信頼関係がなければできない仕事です。その日に向けて、その人やその家族がどんな人なのか、どんな考えを持っているか、それを知っていなければばできないんですよ。つまり、満足のいく旅立ちの時を作れるかどうかは、医師の腕にかかっているんです」

患者の人生観を理解し、その人に応じた最期の時間を設けてくれる医師が、何人いるだろう。告知される側にとっては、もっとも過酷な言葉を投げかけられる時なのだ。そもそも死の捉え方は、人によってまったく違う。医師がどんな考えを持っているかによっても、我々の最期の時間は変わってしまうのだ。看取りについて、医療関係者にただ丸投げしてしまうことの恐ろしさを考えた。医師も人間なのだ。

服を買う時は試着する。美容院に行って髪を切ってもらう時は、相性のいい美容師に任せる。それなのに、人は医師がどんな死生観を持っているかを知らずに、自分の運命を委ねるのだ。


最近、早川は渡辺西賀茂診療所を辞める決心をした。

「私は在宅医療に夢を持って今まで走り続けてきました。二歳の子どもを育てながら、今まで働いてきたけれど、下の子が生まれるのを機に、しばらく子育てしようと思います。他人の家族の役を果たすのではなく、今は自分の家族の世話をする時だと思うんです。

昔はそんなことを考えたことなんてありませんでした。でも、きちんと自分が幸福になった上で、人を助けない限り、他人も幸福にできない。そんな気がするんですよ」

卒業式

渡辺西賀茂診療所と同じ法人のグループホームほっこり庵で看取りがあった。早朝のことだ。家族は臨終に間に合わず、駆けつけた妻の顔がショックで歪んでいる。

看取ったばかりの渡辺は、患者の妻にこう語りかけた。

「眠るように静かに逝きはりました。苦しいことは何もなかったようです。僕らもずっとご一緒していて、楽しい思い出をたくさんいただきました」

妻はその言葉に、うん、うん、とうなずきながら聞いている。

「先生には大変お世話になりまして、ありがとうございました」

静かな順送りだ。縁があってそこにいあわせている人たちの顔を眺める。遺族になったばかりの年老いた妻、六〇代の渡辺、そして四〇代の私と、みな、いずれ向こうへ行く。私たちは暫《しばら》くここに滞在し、バカンスが終わると過ぎ去っていく旅行者のようなものだ。多少の早い遅いはあっても、いずれ行く場所はみな同じだ。百年後ここにいる人は誰もいない。方丈記で鴨長明が記した通り、我々はうたかたを生きている。だが、先にこの世を卒業したばかりの人生の先輩は、我々に救いを与える。その死が穏やかそのものだったからだ。

かつて渡辺が言ったことがある。「患者さんが主人公の舞台に、我々も上がってみんなで楽しい劇をする」

我々はひと時、他人の舞台に上がる。今は人生の卒業式というシーンだ。

「私が看てあげられればよかったんですけど、自分ではなかなかねぇ」

背中の丸まった妻が不自由な足で、夫に近づき、その顔をのぞき込む。

「まあ。……まあ……」

ハンカチで目をぬぐうと、再び顔を見つめる。

「まあ。……まあ……」

大粒の涙がこぼれた。娘夫婦と孫も到着し、肩を寄せ合って、ひとりの男性の顔をみなで眺めている。死は残された人々の絆を強くする。亡き人の最後の贈り物だ。

そこに、ほっこり庵の介護職員たちが絞ったタオルを持って入ってきた。

「みんなで一緒にお身体を拭かれますか？　それとも私たちがしましょうか」

「私たちも一緒に支度しますわ」と、娘が言い、家族めいめいがタオルを持つ。

「お父さん。穏やかな顔してはるわ。ずいぶん痩せたけどなぁ。あんたも拭きなさい」

タオルを渡されたのは一〇代の孫。タオルを受け取ったものの、それを持ったままで、祖父の身体をじっと見ていた。

「まあ。……まあ……」

妻は夫の頬をぽんぽんと触った。

そしてしばらく渡辺と、ほっこり庵に入った頃の様子を懐かしそうに語った。


そのうち、ベテランの看護師、吉田真美が入ってきた。

「ここからは看護師がお支度しますので、ちょっと外でお待ちいただいてよろしいでしょうか」

家族たちは、神妙な顔をして外へ出た。

吉田は手際よくゆかたを脱がしていく。おむつを脱がすと、少量の便がついていた。吉田はビニール手袋をした手で肛門から手際よく溜まっている便をかきだすと、臀部を何度か温かい濡れタオルで拭いて、新しいおむつを当てて、新しい服を着せた。そして髪をとかし、顔を拭くと、心なしか男性の顔がほころんでいるように見える。静かな部屋で、吉田は最後の仕上げと言わんばかりに、シュッ、シュッと心地いい音をさせてタオルケットの皺を伸ばしてそっと身体にかけた。

ひんやりとした室内に、静謐《せいひつ》な空気が流れた。彼は、ここから旅立つ時を迎えている。

吉田は、ドアのところへと歩いていくと、「どうぞ」と家族を招き入れた。その仕草を眺めながら、この人はいったい何人の人をこうやって送り出してきたのだろうかと考える。

ホームの玄関にはすでに葬儀社が来ていて、ストレッチャーを用意していた。彼らはホームの廊下をしずしずと横切り、それを認知症のお年寄りたちが心配げに眺めていた。葬儀社の人も、完璧な仕草で彼をストレッチャーに載せて、皺のない真っ白な布をそこにかぶせた。そして深くて美しい礼をすると、またしずしずとホームの中を玄関へと進んでいく。家庭的なホームだ。病院と違い、廊下はひとつで、そこから出ていく「先輩」を、ホームの人々も見送ることになる。

花柄のスカーフを首に巻いた、背丈の小さな老婦人が、「ああ」とため息をもらすと、ぎゅっと目をつぶって「なんまんだぶ、なんまんだぶ」と唱えながら手を合わせた。ストレッチャーのあとを家族がついて行き、見送る老人たちに「お世話になりました」と小さく言って挨拶をする。やがてストレッチャーは扉の向こうに消えて、スタッフたちはそれを頭を下げて見送った。私は数人の見送りとともに外に出る。

男性を乗せた車がやがて見えなくなると、めいめいが日常の業務に戻っていく。お年寄りたちも、静かに部屋へと消えていった。私は手でひさしを作って空を見上げた。朝の光が眩しかった。なぜ今までこれほどまでに死を見たことがなかったのだろう。こうやって、四季が巡るようにして、昔から繰り返されてきたはずなのに。

死を見慣れてしまうことの罪悪感も次第に薄らいでいくことに、私はもう逆らわないことにした。花が散り、若葉の季節が来るように、人は代替わりをしていく。早川の言うように、私の命日は、いつの季節になるのだろうかと考えた。しかし、それは恐ろしいものではないような気がした。


吉田のあとを追いかけて、私は話を聞く。

「お別れの支度は、どういうことに気をつけているんですか？」

吉田は微笑むと、「生きている時より美しくと教えられましたね。だから心をこめてお支度させてもらっています」と言った。

吉田は渡辺西賀茂診療所立ち上げからのスタッフで、村上と並ぶ一番のベテランだ。彼女が中学生の頃、家が破産。勉強机にさえ差し押さえの札が貼られ、引き出しを開けることすらできなかったという。中学を卒業すると、看護師になるための学校に入学し、個人医院の診療所に住み込み、掃除や手伝いをしながら通学した。院長家族の女中奉公のような扱いだったと吉田は回想する。お風呂はいつも最後、一〇時にようやく業務から解放されると、看護学校と通信制の高校の勉強をした。高卒の看護師たちに交ざって必死になって働き、看護師になったという苦労人だ。

彼女の一生懸命さが認められたのだろう。やがて大きな病院の師長になった。結婚もして、子どももできて、さあ、これから幸せがつかめると思った矢先に、がんになった。化学療法と手術で回復したが、放射線治療の後遺症で腸壁が薄くなり、今度腸が破れたら、手術は難しいため、死のリスクを負っている。今も人工肛門・膀胱をつけながらの看護だ。

だからなのだろうか。患者からは、「あなただけは違う」と言われることもあるという。

彼女は在宅の良さをこう表現した。

「在宅のお仕事をするまで、気づかなかったことがいっぱいあるんですよ。病院にいた頃は、夜勤なんて六〇人を受け持つわけです。そんな時に亡くなりはるでしょう？　その人にいつまでも関わっているわけにはいきません。家族には早々にお別れをして外に出てもらい、手早くお支度してお送りするんです。もちろん、その時だって心をこめてお支度させてもらっていましたけど、家族と一緒にやろうなんて思いもしませんでした。おうちで、『どんなお洋服を着せましょうか』なんて言いながらお支度するとね、いろんな思い出話が出るんです。それがご家族さんだけではなく、自分たちにとっても心の整理になると思っています」

ここのグループホームも、渡辺西賀茂診療所と同じ思想で経営されている。だから、ホームの人々にとっての「在宅」なのだ。

家の中で看取り、家から送り出す。寂しいけれど、悲しくないと言っていたのは篠崎の息子だったろうか。鋭い悲しみではなく、もっと肌触りの柔らかいお別れ。樹々から自然と実が落ちて離れるようなさよならの方法があるのだと、私は教えられていた。

吉田は、ディズニーランドに行った森下敬子の背中を押した本人でもある。

吉田は、妹のようにかわいがっていた彼女の臨終にも立ち会った。

親しくしていた患者と別れる時、彼女はどんな心境なのだろうか。

「悲しくて泣き崩れることはないですね。ディズニーランドの写真を見せてもらった時は号泣しましたが、患者さんやご家族さんの前で涙を見せないようにして、ひとりでこっそり泣いています。

言葉をかけるなら、『よく、頑張りましたね。お疲れ様でした』という感じかな。私も二〇代でがんになって以来、何度も手術を繰り返し、そのたびに死を覚悟しています。だから、亡くなることを特別なこととは考えられないんですよ。私もいずれ死ぬので、先に人生を卒業した先輩に対して今までの労をねぎらうという気持ちでしょうか。

敬子さんが亡くなった時も、よく頑張りましたね、もう痛みから解放されましたね、お疲れ様でしたと」

患者は来ては去っていく。記憶に残る患者はどんな人たちなのだろうか。

「印象に残っているのは、あるご婦人。最初はまったく心を開いてくれなくてね。特にうちの森山なんて、唯一の男性看護師でしょ？　顔を見ただけで『お前なんか帰れ！』って言われてましたよ。気の毒でね。

私にも最初は心を開いてくれなかったんですよ。うちは往診するぶん、少しだけ診察料が高いんです。だから『お前になんか出す金はない。来るな！』ですものね。でも、ある日、ベッドの下にほこりが溜まっていることに気づいたんです。彼女は大事なものをみんなベッドの下に隠しておく癖があって、誰も触らせてくれなかったの。それで、私、『お掃除しちゃいますね』ってかまわず、どんどんお掃除しちゃいました。そうしたら、表情が変わって、『こんなことをしてくれたのは、あんたが初めてだ』って。それが認めてくれた瞬間でした。

大晦日《おおみそか》のことです。『何が食べたい？』って聞いたら、『おせちが食べたい』って。それから、『魚の粕漬けを焼いたものも食べたい』とも言ってました。本当は看護師の仕事じゃなくて、こんなことしたら怒られちゃうんですけど、私、大晦日に彼女の家に行って、作ってあげちゃいました。その当時、その方は食欲がなかったんですが、ちゃんと食べられたのね。

私、彼女に教えてもらったんです。みんなで決めつけて、食べられないと思っていた。でも誰も、好きなものを聞いてあげなかったのね。でも本当は食べたいものがあって、それを出してあげれば食べるんだって。

面白いんですよ、彼女、『どじょうが食べたい』って。森山が街中を探し回って、生きているのを調達してきたんです。ボウルの中に入れておいたら、いつの間にかにょろにょろ逃げ出してね。看護師みんなで追いかけまわしてやっと捕まえました」

吉田は、思い出したようにうふふっと笑う。

「『え、生きたまま食べるの？』と思ったんですけど、鍋にポンと入れて蓋をして……」

私たちはそこで大笑いをした。

「最期はみんなで看取って。森山も弱音ひとつ吐かずによくやってくれました。『お前なんかいらん』『どっか行け』って言われながらね。それでも、大変なところを乗り越えて、最後はありがとうという気持ちですね。その方にはいろんなことを教えてくれてありがとう、ですよね」

好きなように生きた人に教えられることもあるのだ。もっと堂々と好きなように生きてもいいのかもしれない。どのみち、誰にも迷惑をかけずに生きることなど不可能なのだから。

二〇一四年

魂のいるところ

1

長い闘病生活の中で母が泣いたのを見たのは二回。最後に母が泣くのを見たのは、夏の始まりの頃だ。大きな南向きのリビングには介護用ベッドがあり、彼女はそこで静かな日々を過ごしている。故・開高健の湘南の邸宅と、同じ設計士が作った注文住宅で、白い家、赤い屋根、洒落た内装の室内が父の自慢だ。娘がその作家の名を冠した賞をいただいたのは偶然だったが、父はとても喜んだものだ。父はこの家を愛している。母の身体を大事に手入れするのと同じように、この家も隅々まで磨き上げて、いつ行っても気持ちよく整っている。

昼の間だけ、父は母を車いすに乗せてテレビの前に連れていく。もう、その瞳が画面を追うことはなかったが、お昼の番組で時折笑いが起きるのを聞きながら、母はまどろんでいた。

ミルク色をした栄養液が車いすに吊るされて、ゆっくりとしたペースでぽつり、ぽつりと時を刻んでいる。外には、母の植えたピンク色の薔薇の花が咲き、大きな白芙蓉《しろふよう》が風に揺れていた。その日、私は父が用事で家を空けたため、留守番をしていた。

私は母の顔を見て、「あら、お母さん」と大きな声を上げてしまった。眉間に大きな黒い影がある。よく見ると、黒と白のまだら模様の蚊が一匹止まっていた。普通、健康な人間の顔にこれほど堂々と蚊は止まらないものだ。止まったとしてもすぐに払われるだろう。その光景を見た時、胸が締めつけられた。私は我が家で昔飼っていた茶色の柴犬のことを思い出したのだ。

鼻の先と、足の先だけが黒い、愛嬌のある犬だった。どうしてもとねだって、小学校四年生の時に飼わせてもらった。我が家のアイドルだったが、犬は人間を追い越して大人になり、早く年を取る。次第に元気がなくなって、庭に置かれた犬小屋でじっとしていることが増えた。私が家に戻ると、曲がった腰でよいしょと立ち上がり、それでも気前よく尻尾を振って出迎えてくれたものだ。往年のつやつやした毛並みは、やがて失われ、足取りもおぼつかなくなっていった。

ある日、私は犬の毛に葡萄色の小さな粒がついているのを発見した。毛をかきわけると、あちこちにたくさんついている。よく見るとダニだった。それを見た瞬間に鳥肌が立った。

「お母さん、お母さん。ひどいよ、ダニがいっぱいついてる！」

私は庭から、母を呼んだ。まだ若かった母は、つっかけを履いて出てきて、それを見て美しい眉をひそめた。

「虫は賢いわねぇ。若い犬は皮膚も丈夫だから寄ってこないけど、弱ってくるとこうやってどこからか嗅ぎつけて、たかるんだもの」

そしてため息をひとつついた。

「弱っているわ。もう家に入れてあげないといけないわね」

母は犬の死を予感していた。

ダニ除けの薬で虫を駆除したが、家の中に入れた犬はいよいよ弱ってきた。犬もまた、死ぬ時を選んで逝くのかもしれない。それは私が結婚して一カ月もたたない晩のことだ。母の予言通り犬はほどなく息を引き取った。

父は丹誠こめて手入れをしている庭に、黙々と深く黒い穴を掘り、好きだったおもちゃや毛布とともに、その亡き骸を埋めた。


母は、人の顔に止まる蚊を見つけたらなんと言うのだろう。

「もう、そろそろね」

とため息をついたろうか。死ぬ間際の生命には不思議と虫がたかるものだと母は言った。それが本当かどうかはわからない。しかし、母はそう思い込んでいた。

鼻筋の通った、いまだに陶器のような白い肌に、不吉な知らせを運んできた蚊は、まるで母に振られた読点のようだった。当の本人は鼻に皺を寄せて虚空を見つめていた。母があちらに行ってしまうという予感のようなものがそこには満ちていた。

私はわざとおどけて言った。

「やあねえ、こんなところに蚊が止まって。失礼しちゃう。ちょっと我慢してね」

そっと母の向かいに忍び寄ると、私は身体を屈《かが》める。そして、息を詰めると、軽く母の眉間を打った。小さなパチンという音がした。

ゆっくり手のひらを返して確かめてみる。蚊の残骸が赤黒く残っていた。

「やった、しとめた。ほら」

私は母の目の前に、わざと陽気に手のひらを見せた。

しかし、母は私に打たれたショックでしばらくブルブルと震えていた。これは病気の症状のひとつで、急なショックを受けると、手足がつっぱったまま、小さく痙攣するのだ。慌てて母を支えたが、割とよくあることなので気にせずにいた。

「本当に、顔の真ん中に止まるなんて、なんて失礼な……ねぇ」

と笑ったら、母の瞳に涙が溜まっているのが見えた。

「ごめん。お母さん、痛かった？　痛かった？　ごめんね」

私は額を撫でた。

「ごめん、ごめん。ほんとごめん」

やがて母は嗚咽を始めた。何年も母が泣いたのを見たことがなかったので私は驚いた。もう、何の涙か私にはよくわからなかった。娘に打ち据えられた涙なのか、顔に蚊が止まっていても振り払えないいくやしさなのか、それとも虫がやって来ることで何かを予感したのか。

「ごめん。ごめん、ごめん」

ただ謝るしかなかった。だが、私も何に謝っているのか、何もわからなかった。親の顔を打ってしまったすまなさなのか、母の言いたいことをわかってあげられないもどかしさなのか。まるで子どものように泣きじゃくる母と、それを抱きしめる私。言葉での意思の疎通のできない私たちは、昼下がりのテレビからはしゃいだ笑い声が時折起こるのを聞きながら、お互いの気持ちの中に起こる感情を、なすすべもなく持て余していた。

私はどこまでも続く母の苦難を、ただ傍観している娘でしかない。

2

八月に入った。その頃、私は前著のノンフィクション作品を出版したばかりで、原稿の依頼が増えて、忙しい日々を送っていた。テーマに含まれていたのはなぜか「死」ばかり。文献を漁り、死について人が語るのをテープから起こし、文章にまとめる。

東日本大震災の災害シーンを描いたので、執筆中は、毎朝、津波のシーンの動画を再生して一日が始まり、宗教者や哲学者の書いた死についての考察を調べて一日が終わった。おかげで私は死に関する書物に埋もれて暮らしていた。その日も私は死をテーマにエッセイを書いていた。

遠くでスマートフォンのバイブ音が鳴っている。ソファから起き上がると、すでに空は明るく、マンションの外に広がる森では野鳥の声がした。うたたねしてしまったのだろう。特に眠いという気持ちもなく、スマートフォンを引き寄せて時間を見ると朝の五時。

父からの電話だった。私は、スマホを耳に当てる。

「もしもし」

「ああ、お前か。母さんが死んでしまったよ」

「え?」

「母さんが死んでしまったよ」

「……そうなの」

フラットな父の声。フラットな私の声。

「明け方ふっと寝息がやんでね。口に手を当てたら、息をしなくなっていた」

「今から、子どもたちを起こしてそっちに行くから」

「うん、待ってるよ」

「お父さん、大丈夫？」

「ああ、大丈夫」

私は子ども部屋に行き、大学生と高校生になった私の二人の息子たち、母が目に入れても痛くないほどかわいがっていた彼女の孫たちを起こして、歩いて実家に向かった。


合い鍵を使って実家のドアを開けて中に入ると、父は介護ベッドの上で、母の身体を抱いていた。

母は病気になってから見たこともないほど安らかな顔をして眠っている。私たちには、寝たきりだった母と、亡くなってしまった母の見分けがつかない。

父は、息子たちを呼びよせる。

「ほら、触ってごらん。まだ温かいよ」

息子たちは、口々に「おばあちゃん」「おばあちゃん」と呼びかけて母の胸に手を当てる。

私の息子たちは、どちらも一八〇センチを超えて背が高い。私の母に抱かれていたのが、つい最近のように思える。私は母の上に置かれた若者二人の手を見ていた。息子たちの手は母の手によく似ていた。指が長く、手のひらもまた大きい。

「本当だ。まだあったかいね」

子どもたちが涙ぐんでいる。

父が母の亡くなった時の状況について、とつとつと話し始めた。

「明け方だったかな。はっと起きると、寝息が聞こえない。あれっと思って母さんの口に手を当てると息をしてないんだよ。一生懸命、心臓マッサージをしたんだけどね。母さんが、『さようなら、さようなら』とまるで遠ざかっていくようだった。『ああ、逝ってしまうんだなぁ』と思ったよ。ほら、顔を見てごらん」

私たちは母を囲んでのぞき込む。

「ようやく、苦しいことから解放されてほっとしたって顔をしているだろ？　最近、お風呂に入れていても、だんだん子どもみたいな顔になってきたと思ってたんだよ。母さん、お疲れ様だったね」

父は、闘いの済んだ愛妻の顔を愛し気に撫でた。

半分開けた窓からはシャンシャンシャンシャンシャンと蟬しぐれが聞こえていた。

引かれたレースのカーテンが揺れて、母の好きだった白芙蓉の影が見える。

まるでつっかけを履いて庭に出るようにして、母は境界を越えてあの世へ渡った。医師、看護師、理学療法士、マッサージ師などのチームで母の看護にあたっていたが、医療の手を借りずに、静かに今生を終えたのだ。想像していた「死」とはまったく違っていた。私たちは穏やかに母の死を受け入れている。生と死の境界線は曖昧で、母の気配はいつまでもなくならない。母の魂はどこかへ渡っていくのではなく、この家に溶けていくようだった。レースのカーテンの向こう側には、今でも母と犬がいるような気がする。

「朝摘《つ》んだトマトは美味しいのよ」

ようやく重い肉体を脱いで身軽になった、麦わら帽子をかぶった母と、鼻の先の黒い犬が、振り返ってこちらを見ている。そんな幻がそこには見えた。

人に心配りをする母らしく、お盆の日を選んであの世に渡った。お盆なら、仕事を休まなくても、家族が集まれる。日にちは、七月一三日生まれの父の誕生日と同じ日付の一三日。「お母さんらしいね」と父と笑った。

その後、担当医が出勤しているだろう時間に、電話をかけて母の死を報告した。母は元気だった頃からコツコツと葬儀費用を積み立てていたため、滞りなく納棺ができた。母は近所に墓も用意していたので、私たちは何も戸惑うことなく母を送りだす準備をした。

真っ青な空の下、家から棺が運びだされる。

なぜ涙が出ないのだろう。私は首をかしげて、母を見送る。母の気配はまだ濃厚に漂っている。

　ようやく重い身体を脱ぎ捨てて身軽になった母は、懐かしい日傘の中、私と肩を並べて「暑いわねぇ」と言いながら、自分の出棺を見送っているような気がする。彼女はこの世に未練などひとつもないだろう。これが家で死ぬこと。これが家で送ること。

二〇一九年

命の閉じ方のレッスン

1

誘われるまま、京都府立医科大学附属病院について行き、森山と診察室に入り、主治医の話を聞いた。私だけではない。妻のあゆみ、渡辺西賀茂診療所の在宅の担当医、小原章央《おばらあきお》、看護師の大田《おおた》きよえ、そして実習研修に来ていた若い医学生。ぞろぞろとたくさんの人が集まって同じ話を共有した。渡辺西賀茂診療所ならではの懐かしい光景だ。

レントゲンに映った影は、森山の願う、寛解を否定するものだった。森山はその画像を見ながら、説明にうなずいている。病院でできることはなくなった。

「今までありがとうございました」と、丁寧に頭を下げる森山の顔からは感情を読み取れない。誰が取り乱すわけでもなく、みな無口になって診察室を後にした。

何かを考えるようにして、外来の長い廊下を歩いていた森山が、くるっと振り返ると、私のほうを向いてこう言った。

「今まで多くの患者さんに接してきましたが、あの人たちもみんなこういう思いをして、おうちに帰ったんだなと、改めてわかりました」

「こういう思い……。どんな思いですか。よかったらもう少し教えてくれませんか」

そう言うと、

「うーん、こういう思いは、こういう思いですよ……」

と言うと、またすたすたと前を歩き始めた。

みな、やはり言葉少なだった。


その頃からだろうか。覚悟が決まったのか、あるいは何かをしないではいられないのか。森山は着々と、死に支度をしていった。墓地を見に行き、渡辺西賀茂診療所に顔を出して挨拶をした。言葉はしょっちゅう揺れて、「もし、僕が治ったら」と言い、時折、「僕が死んだら」と言う。

ある日は、寺に行くから一緒に行きませんか、と誘われた。自分の通夜と葬儀の相談に行くのだという。その寺は、奈良の長谷寺で紹介されたものだ。

森山の母親は信仰心の篤い人だったそうで、毎年必ず、菩提寺の総本山である、奈良の長谷寺に参拝していた。そこで森山は、自宅に近い、同じ真言宗のその寺を紹介してもらい、自分が死んだあとのことを頼むことにしたのだ。彼は歩くのもつらそうで杖をついている。

森山は、僧侶と、自分が死んだあとに枕経《まくらぎょう》を上げてもらうこと、そして戒名などについて相談し、依頼していた。

森山は、たぶんあと一週間、もしかするとあと数日という容態に見える。その人が自ら寺まで出向き、死後のことについて淡々と話しているのを横から眺めるのは、とても不思議な気分だった。映画やテレビドラマならここで泣くのだろうか。

レストランで注文でもするかのように、通夜のことを依頼する森山を見ている自分も、特に強い悲しみに囚《とら》われるわけでもない。

彼が奈良の長谷寺で本尊を拝んだ時の様子をあゆみはこう言っていた。

「普通なら治してください、助けてください、だと思うんですね。でも、その時は違ったと、主人は言っていました。ご本尊さんのお姿に、ただ自分の一切を委ねる気持ちになったと。あれで安心したんじゃないでしょうか」

森山はその時、死後、逝くべき場所を見出したのだろうか。祈るから治してくださいではなく、大きな存在に自分の身を無条件に委ねたのかもしれない。

森山は、その長谷寺から紹介された住職に会い、自分の状況を語り、死後の自分の葬儀について託している。その間、彼の表情は穏やかだった。

「死の受容」。エリザベス・キューブラー・ロスのいう五段階の最終段階に彼は立っていた。住職に「お願いします」と一言添えて別れを告げると、どこか安心したような、達観したような森山が、境内で開かれる牡丹祭りを準備している横を抜け、あゆみと寄り添って歩いて行く。牡丹は例年より花を咲かせるのが遅く、まだ二割といったところだそうだ。

身体はつらいだろうに、森山はあゆみとふたり、門の前で記念写真を撮ったりしていた。そして、またゆっくりと歩き始める。その後ろ姿を見ながら、私もまた、ゆっくりとついて行った。

季節が巡るように、人の季節も変わりゆく。行く春を惜しむかのように、京都ではあちらこちらの桜が音もなく散っていた。もうすぐ時が来て、彼はあちらに渡る船に乗る。その別れに対する私の諦念と淡い悲しみも、潮が満ち、また引いて、また潮が満ちを繰り返すようにして、自然な形でやってくる。それは出産の前の弱い陣痛によく似ていた。

森山は以前から京都薬科大学で教鞭を執っていた。五年前からは診療所で実習研修の受け入れを始めて、現在までに一〇六名の学生が学んだ。

その日は在宅医療における薬剤師の役割についてのパネルディスカッションがあり、彼はパネリストとして演台に立つことになっていたのだ。森山の病状はかなり深刻で、もう動くのもつらいようだったが、その夜、彼はキャンパスにいた。もうとっくに身体は限界を迎えているだろうに、気力だけで動いているのが、誰の目にも明らかだった。

森山は声を振り絞って話し始める。それを若い薬剤師の卵たちが、じっと見つめていた。若い学生たちに贈る、森山の最後のレッスンだ。

「薬学生のみなさんは、看護学生、医学生と違って、お薬からアプローチをしようとする人が多いようです。でも、できれば在宅の現場を知り、患者さんを知ってから、その人に合ったお薬をぜひ考えてみてほしいんです。そこでは医師や、看護師など多職種のスタッフが働いています。その人たちが働きやすいようにするためには何が必要なのかを知ってください。そして、もし学びたいと思ったら、どうぞ、いつでも実習をしに来てください。

そして、もうひとつ。私はこうやってがん患者になってしまいました。どうか、患者さんと接する時は、治らない人だと思わないであげてください。たとえ予後が厳しくても、きっと治る人だと信じて支えてあげてほしいのです」

最後の授業が終わってほっとしたようだった。次の日に会いに行くと、もう上体を起こすこともつらいらしい。ベッドの中でうずくまっていた。

「来たよ」と声をかけると弱々しく、「ああ」と声を出す。

顔は土気色になり、白目には黄色い膜がかかっている。一日ごとに痩せていくように見えた。点滴を打たないと決めた身体は、向こう側に渡るために日々荷物を下ろし、軽くなっていく。

私はこれが最後のチャンスだと思いながら声をかける。

「在宅医療について語ると言われて今までついてきました。でも、まとまった話は今まで聞いてないですよね。どうですか、話したいことがありますか？」

森山は肩で息をしながら、ふふふっと笑った。

「何言ってんですか、佐々さん。さんざん見せてきたでしょう」

「え？」と、声にならない息で私は聞き返す。

「これこそ在宅のもっとも幸福な過ごし方じゃないですか。自分の好きなように過ごし、自分の好きな人と、身体の調子を見ながら、『よし、行くぞ』と言って、好きなものを食べて、好きな場所に出かける。病院では絶対にできない生活でした」

「……、そっか」

これが、二〇〇人以上を看取ってきた彼の選択した最期の日々の過ごし方。抗がん剤をやめたあとは、医療や看護の介入もほとんど受けることはなかった。

毎日、まるで夏休みの子どものようにあゆみと遊び暮らすのが森山の選択だったのだ。常々「捨てる看護」を唱え、看護職の枠を超えた人間としてのケアを目指した彼は、西洋医学の専門職を降りて、すべての治療をやめ、家族の中に帰っていった。

医療も看護もなく、療養という名も排した、名前のつかないありふれた日々を過ごすことを選んだのだ。この間、看護師でもなく、薬科大学の講師でもなく、もちろん私の前でも、看取りの専門家ではなかった。予後何日という予測を捨て、ステージⅣであることを忘れ、その日、その日をひたすら楽しみ、がんの言い分を聞き、ただただ、真剣に、懸命に、自然治癒を信じて遊び暮らした。「今を生きよ」と彼は私に教えてくれた。「捨てる看護」と彼は言ったが、その言葉をそっくり実践したのだ。

もちろん彼は看取りの専門家で、あゆみも病院のソーシャルワーカーである。何が起きるかを知っている。森山もあゆみも長い休暇を取って、自由に過ごせるという意味では、特殊な環境であったことは確かだ。彼らは残された時間がどれぐらいなのか、医師に宣告されなくとも自分たちで、ほぼ正確にはかることができたに違いない。

近隣の温泉へ行き、山に登り、美味しいものを食べて、ドライブをする。

私も、彼らと一緒に琵琶湖へ行き、菜の花を見た。日立の海に行き、ディズニーシーへ行き、自然食レストランで食事をした。さらに彼ら家族は、病人だからと臆することもなく、キャンプに行き、寝袋で寝た。

「たしかに僕はがんだけど、病人だからベッドに寝て、病院食を食べるのではなく、医療や看護といったフレームワークをとっぱらったところに人生を見出したんです。これこそエクストリームな在宅じゃないですか」

私はうなずいた。

「確かにね」

結局、看護学生のための技術的な話などほとんど出てこなかった。森山がいつ話しだすだろうと内心思いながら、振り回されてきた日々だったが、私も彼と同じ、いつか死ぬ運命を持つ身でしかない。ただ、私の場合には、まだ死の訪れがいつなのか予測がつかないだけだ。もし、明日事故で死ぬとわかっていたら、彼のように必死になって今を楽しむことができるだろうか。ただ、近づく死を目の前に、その恐怖で何もできなくなるだけではないか。

思い返せば、どれもこれも、小学生の子どもの頃のように楽しかった。死にゆく人と一緒にいた時間は、一生忘れがたい思い出ばかりになっている。人は時間を自由に縮めたり、延ばしたりできるのかもしれない。私たちは、一瞬、一瞬、まるで時が止まったかのように、その時間にいて、食事をし、ともに遊んだ。私は森山と一緒に食べた、ドライブインの草餅の味を忘れないだろう。

終末期の取材。それはただ、遊び暮らす人とともに遊んだ日々だった。そして、人はいつか死ぬ、必ず死ぬのだということを、彼とともに学んだ時期でもあった。たぶん、それでいいのだ。好きに生きていい。そういう見本でいてくれた。

この春の盛りに、自転車を借りて、賀茂川の土手に咲き誇る桜を見ながら、何度も何度も、こちら岸、あちら岸へと渡って森山に会いに来た。その人がその人らしく家にいる。そのために看護があり、医療がある。もし、医療の出る幕がなければ、それが一番いいのだ。

「今の体調はどうですか？」

私が聞くと、彼は少しだけ首をこちらに向けて、ゆっくりと話し始めた。

「身体との折り合いがあんまりつかなくなってきています。……そういうのはたぶんみんな一緒じゃないですか。

生きることが少しずつ難しくなって。

そのスピードが速くなってきて。

……トイレが間に合わなくなってきて。

今もかみさんの生理用パッドをつけているんだけれど、そういう暮らしの一番見せたくないところを受け入れてくれたかみさんには本当に感謝しています。できないことが増えて、情けない自分がいます。でも、その情けなさを当たり前のように受け入れてくれる相手がいてくれると楽ですよね。

もしこれが入院中だったら、『どうしておむつをしないのか』とか、『どうしてナースコールをしてくれないんだ』と言われるでしょう？　嫌やなあと内心では思っていても、強制的に紙パンツを穿かされる。

紙パンツ、尿取りパッド、ポータブルトイレ、タッチアップ（手すり）、介護用ベッドと、看護師時代の僕は、杓子定規にとっととことっとこ、取り入れてきました。その人が安楽に生きることが一番いいと思ってやってきたんですが、介護用ベッドは嫌だという人がやっぱり患者さんの中にもいたんですよ。介護ベッドを入れたら楽やのになんでなんやろう、と思っていましたが、自分がその立場になってみると、ようやくその気持ちが少しわかるようになりました。危ないから、不便だから、そう言って行動を制限しがちです。でも、おうちなら今まで暮らしてきた知恵と経験があれば、ギリギリまで自立した生活が可能なんです。

患者がどういう暮らしをしたいのか。それを酌んでくれるのが、在宅の良さであり、それこそ最先端の医療なんだと僕は思います。その人の要求を一個、一個、聞いてくれて、私たちのサイズにあったものを仕立ててくれるテーラーメイド医療。在宅をこう評価してくれる学生さんがいてね。嬉しかったなぁ。

こうじゃなきゃだめです、と言うんじゃなくて『どちらでもいいですよ』『やってみたらいいですよ、ダメなら変えたらいいんです』という一言がありがたかったりするんですよね。

でも、これが在宅の典型的なありかたかと言われると全然そうじゃない。自分が恵まれているのはわかっています。こういうわがままに向き合ってくれる仲間がいるから、こうやって過ごせているのだと思っています。

自分の価値観や、信じること、大切にしたいこと、家族に守ってもらいたいことを、少なくともかみさんや家族には伝えたいんだけど。言葉じゃなくて、自分が何をしているのか、自分が亡くなったあとに何を残したのかを、それぞれ感じてもらえるような、生きざまっていったらオーバーだけど、最後の姿が少しでも残せたら。……まんざらこうやっているのも、悪くないかなぁと思ったりしてね」

二人で話しながら、私たちは彼の乗る船がすぐそこに来ている予感がしている。看護師たちは終末期の患者たちの家を巡りながら看取りの日をほぼ正確に予測していたが、私のような素人にも、ぼんやりとわかる。彼は葉桜の頃に逝くのだ。この季節なら、桜の季節に亡くなった篠崎さんが待っていてくれる。

「身体は痛いですか？」

私が尋ねると、彼は弱々しく微笑んだ。

「おかげさまで、痛みはないんです。でも、夜は眠れない。かゆみがきつくて、食欲がありません。こうやっているだけでしんどくてね。やる気みたいなのがでない。そういう状況は、つらいよね。あとは、階段の上り下りが、きついね。息ができなくて……」

「不安はありますか？」

「不安。うん、一階に降りられなくなったら。どうしようかと。それが、不安ちゃあ、不安」

「死ぬのは怖い？」

「何度も聞くね」

私たちは二人で微笑んだ。

「うん。ただね、前にも言った通りで、自分がこの世からいなくなることや、自分という存在が何にもなくなってしまう、漠然とした恐怖がふっと湧いてきて、そういうのを大声でかき消したくなることがあったけど。……この病気になると、そういう気持ちがなくなるって話をしたよね。

それはたぶん、漠然としているから、怖かったんやと思う。死というものが、誰よりも早く、自分の身に降りかかってきた時には、それは恐怖じゃなくなる。何なんだろうな、自分はまだ大丈夫なのかな、とか、自分はがんにならへんのかな、とか、自分は何で死ぬんだろうかとか、そういう正体不明の不安が全部クリアになるじゃない。そうすると、漠然と恐れていたものが具体的に見えてくるんだよね。自分の持っている恐怖の正体がはっきり見えた時、人はどこかでほっとするんやろうね。

これはもともと人間に仕組まれているもので、それがないと次の世代に引き継げないとか、そういうのがきっとあるんだろうな。

もう漠然とした恐怖はなくなり、そのぶん、やりたいことや好きなことをやって、自分らしく、自然と身体のプロセスに乗っていけるようになる」

「自然なプロセスというのが腑に落ちる感じ？」

「うん。それは、みんなもともと持っているものじゃないかな。キューブラー・ロスの言っていることは結構正しくて、初めは『なぜ自分が』という怒りがあって、その怒りを抱えながら、自分は死なないと否認をしたり、なんとか治ろうとしたりして、折り合いながら受け入れていく。そのプロセスっていうのは、周囲があたふたさえしなければ、自然とそうなっていくんだろうなと。幸いかみさんはどっしり構えてくれたし、同僚も、医療にどっぷり浸かろうとしない僕のことをよく理解してくれて、それに助けられたなと思うんですよね」

ふうっと息をつく彼に聞いてみた。

「あの世を信じる？　輪廻についてはどう思いますか？」

「そうね、今までそんなに現実感がなくて、なんとなくあったらいいと思うんだけどね。こういう状態になってくると、自分ががんの言い分、それこそ『変わりなさい』っていう言い分をどれだけ聞けていたのか、いまだにわからない部分があって。もしかすると、この世では、僕はがんの言い分が聞けなかったのかもしれないね。

ひょっとすると、次に生まれ変わったら、僕はがんの言い分が聞けるのか、あるいは自分がいろんな人の想いを聞けるようになるのかもしれない。この世のみやげを来世に持っていくのかもしれないなぁと思うんです。

この世でぴたっと終わるのではない、自分の生まれ育ったあの実家で、自分がバトンを渡されたけれど、こういう中途半端な終わり方で、変われなかったのなら、次の世でという気持ちが、自然に高まったような気がします。

もしも、この世だけでは世界は終わらないとしたら、もしくはあの世で、この世に生きてきた意味が実現されると思えるのであれば、とても豊かじゃないですか。この世ですべてが完結してしまうとすると、犯罪にしても、病気にしても、あまりに救いがない。あの世のことなんて脳の中だけで作ってることだと思うかもしれませんが、もし、目に見えない世界があるとすれば、文化や社会はもっと豊かになると思うんですよ」

2

次の日、森山は旧知の美容師を家に呼んで最後の散髪をした。私の祖父もそうした。人は旅立ちに備えて髪を整えたくなるものなのかもしれない。そして診療所で付き合いのあった葬儀社を呼び、葬儀の支度をした。葬儀社の社員は、森山が病気であることに驚いた。そして、同時に、あゆみが森山と夫婦であることに驚くことになった。あゆみもまた、彼女の勤める病院で彼らと付き合いがあったのだ。彼らは神妙な顔をして、こう言ったそうだ。

「僕らも、森山家の一員のような気持ちで式のご準備をさせていただきます」

私は岡谷《おかたに》に会った。かつて森山と潮干狩りに同行した事務の男性である。

「森山さんががんになったと聞いた時には驚きました。なんであんなにいい人ががんにならなきゃいけないのかと。でも、僕は信じていたんです。森山さんだけはきっと病気を治して、元気に復帰してくれるだろうって。神様がいるならあまりに理不尽で、僕は神様を恨んでしまいそうです」

そう言うと、彼は鼻の頭を赤くして涙ぐんだ。

「森山さんは、気がつくといつもいてくれるような人でした。いいことがあった時も悪いことがあった時も、最初に話したくなる人だったんです。特にいいことがあった時は真っ先に報告したい人。潮干狩りは楽しかったなぁ。でも、あれは森山さんがいて、尾下さんがいたから、僕は患者さんと一緒に楽しめたんです。あれは一番の思い出でした。森山さんは僕の父のような兄のような存在でした」

彼はその夜、森山の枕元に見舞いに訪れた。

泣いている岡谷に、「楽しく、楽しくね」と、森山は苦しげな息の中で呼びかけている。その言葉には聞き覚えがあった。それは、篠崎の口癖だった。森山の部屋には、篠崎にプリントして渡したのと同じ、ハープコンサートの時の記念写真が飾ってある。篠崎夫妻が笑っていて、森山夫妻も笑っている。

旅立ちの日を迎えようとする森山の行く手を、先に逝った篠崎が優しく照らしている。

潮干狩りの木谷重美には行動する勇気を、篠崎には楽しく生きることの大切さを、森下には夢の国の魔法を、ホノルルマラソンを走った患者には最期まであきらめない気持ちを、気の強い老婦人にはわがままと言われても自分の食べたいものを食べる楽しみを、森山は学んだ。そして私の知らない多くの人たちが、死を恐れなくてもいいと、彼に教えていた。そして、今度は彼が私に命の閉じ方を教えてくれている。人類が営々と続けてきた命の円環の中に私もいる。

私も家に帰る時が来た。賀茂川を渡って何度も通った森山の書斎をぐるっと見回す。壁の二面を占める大きな本棚、キャンプの時に持っていくランタン、マッキントッシュのアップルマークがついたラップトップのパソコン、そして紫色の渡辺西賀茂診療所の看護師の制服。本棚の一番目立つところには、私の二冊の本が置いてある。患者さん家族との写真、そして、「長い間看護師さんお疲れ様でした」という、森山の子どもたちの書いた手書きの賞状。あゆみが庭から摘んできたビオラの花束。そして寝ころぶと青空が見えるであろう大きな天窓。この書斎もまた息をしているようだ。

ああ、家はいい。彼の生きざまそのものではないか。

森山が差し出す手を私は握り返す。ふたりとも、それが最後なのだと予感している。

「じゃあ、またね」

私が手を放す。

「頼みます」

彼が言う。私は彼に託された。だがいったい何を？　私はそれを一生問い続けるのだろう。彼とはこれから何度も出会うに違いない。迷いの多い原稿の中で。

私が扉のところで立ち止まって振り返ると、彼は細くなった手を力いっぱい天に伸ばした。私もまた、大きく二度手を振ると、そっとその手を自分の胸に当てて「まかせて」というジェスチャーをした。

3

この夜、森山は音声を残している。

「四月二〇日。夜中の二時半です。なかなか眠れなくてのたうちまわっています。あゆみには迷惑をかけてごめんなさい。ただふっきれました。夢を見ました。なぜか、京大の検査室に就職した夢でした。そこでは不思議に初心者ばかりが働いていたんです。

〈なんでこんなところで働いているんやろ。まあ、いいや、一年たったら別のところへ行こうかな〉

と考えていました。でも、実はただの検査室じゃなくて、どこか砂漠の真ん中にある検査室で、気がつくとインディ・ジョーンズの世界にいたんです。

悪党が攻めてきて、僕はハリソン・フォードとともに闘っています。たいした道具はないんだけど、知恵を絞って、ばたばたと悪党をやっつける。すごく闘ってた。すごく気持ちがよかった。まだまだこんなに動けるんやと。

ついに悪はやっつけられ、今覚醒して、ここに戻ってきた。がんだからとか、全然関係なくて、自分の好きなように暴れてみたら、身体はものすごく動くし、世界はもっと広がっているような気がした。まだまだやれるんや、と思った。人間ってすごいなぁって思いました。以上です」

荒唐無稽な夢。彼は夢でも必死に生きようとし、患者としての心境をレポートしてくれようとしている。

「何言ってんだろうな、森山さん」

私は彼の残した音声を聞きながら、ひとりで笑い、そして泣いた。

森山はいよいよトイレに起き上がれなくなった。

リハビリパンツを穿き、最後に会いたい人の訪問を受け、面会者が去ると、苦悶の表情を浮かべて悶絶した。固形物も水分も、もうほとんど摂れなくなり、彼の生きるための頑張りは一区切りがついた。

翌朝、森山はあゆみにこう告げた。

「あと二日したら、セデーション（鎮静）をかけて眠らせてほしい。しんどい」

つまり、医療用麻酔をかけて意識のレベルを落として眠らせるのである。そのまま息を引き取る可能性も十分にある。

その時、彼は男泣きをしたという。

「情けない。もっと恰好よく逝きたかったのに。自然に……、薬に頼らずと思っているのに」

その様子を、「本人にしかわからない苦しみを代わることもできず、もちろん本人の選択を拒むこともできませんでした」とあゆみは伝えてきた。


その後、尾下が訪問。セデーションまでの段取りを説明する。さらに、介護ベッドと在宅酸素の搬入がなされた。福祉用具の担当者は、森山の変わりように戸惑ったようだったが、手際よく組み立てて去って行った。もうその頃には、森山は自力でベッドに移るのがやっとだった。

セデーションに関して、彼は再び意思表示をした。二、三日後ではなく、その日の夜に開始してほしいとのことだった。

森山の希望で、セデーションを行うことのリスクを、在宅での主治医、小原医師から子どもたちに説明をする機会が設けられた。そのリスクとは、すなわち眠りについてそのまま目が覚めずに息を引き取る可能性のことだ。それまで森山は、娘たちに別れを言う機会をなかなか見つけることができずにいた。

しかし、そういうものかもしれない。家族に改めて言葉を残すのは難しいものなのだ。とうとう親は何も言ってくれなかった、という人を何人も知っている。

二一時過ぎに小原が到着。あゆみは「先生が来たら大事なお話があるから、とーとが二人にも聞いてもらいたいって言ってるよ」と、子ども二人を森山の書斎に呼び寄せた。

その時のことを、あゆみはこう語る。

「次女はちょっと嫌な顔をしましたが、基本的には親に反抗しない二人なので、同席に応じてくれました」

小原と尾下が森山の足元に座り、あゆみたち親子は、本人の頭側に次女を真ん中にして床に座った。

小原は、子どもにわかりやすいように説明を始める。

「普通はね、人間は昼に起きていると、夜は自然に眠れるようになっているでしょう？　人は寝ている間に、身体の疲れを回復するようにできてるんだ。でも、お父さんの場合は、病気が邪魔をしてよく眠ることができない。だから、薬を使ってよく眠れるようにするんだよ。注射をしたり、薬を飲んだりすることもあるけど、それだと効き目はすぐになくなってしまう。だから点滴でゆっくり薬を入れて朝まで眠ってもらうんだ。

でもね、お父さんの今の身体だと、薬が切れてもそのまま眠ってしまったり、目が覚めにくくなってしまうこともある。ひょっとしたら、目がそのまま覚めずに、だんだん呼吸が弱くなってきて、息が止まってしまうこともあるかもしれない」

小原は、それから先を言いあぐねていた。

その言葉を継ぐように、森山は子どもたちに語りかける。

「たぶん大丈夫やと思うけど、もしかしたらそのまま起きないかもしれないから、二人には聞いておいてほしくてな。二人には、おとうちゃんの姿を見ていてほしいんや。紙おむつやし、便もひとりでは出ぇへんようになったけど、人間はな、生まれた時にひとりでは何もできへんように、最後もまた、誰かの手を借りる時がくる。おとうちゃんも、おかあちゃんも、もちろん、おじいちゃんも、おばあちゃんも、みんな誰かにお世話してもらう」

森山はしっかりとした口調でこう続ける。

「二人とも、おかあちゃんをしっかり支えてな。おとうちゃん、二人が自分の子どもとして生まれてきてくれたこと、とっても嬉しいと思ってる。ありがとう。おとうちゃんは早く逝ってしまうけど、時間の長さなんて全然関係ない。短くても充実した時間やった。大きくなる姿をきっとどこかで見守っているからね」

途中で、下の娘の泣き声が交ざる。あゆみは一一歳の、その子を抱きしめて、頭をなでてやった。感情を表すのが苦手な長女は、表情も変えず、涙も流さなかった。それだけ必死に自分を抑え込み、耐えようとしている姿があゆみには愛しかった。

二二日夜から始まったセデーションだったが、翌朝はしっかり覚醒し、渡辺、村上とも面会をしたが、覚醒後のつらさはいよいよ激しくなり、二三日夜は本人の希望で時間を早め一九時過ぎからセデーションの開始となった。

前夜とは異なり、この夜は鎮静をかけられているにもかかわらず、「オムツを見てほしい」「替えてほしい……」など、ぼんやりしながらも意思を伝達し、つらさはあまり和らがない様子で一晩を越した。

二四日、「切り落としてしまいたいくらいの手足の重だるさ」で身の置き所がないようでベッド上でもだえ続けた。そのため夕方一六時過ぎからセデーション開始。続けるうちに効きが弱くなるのか、夜通しゴロゴロと動きとおした。昼間の様子からは想像がつかないくらいの動きで、あゆみがうとうとすると、その間にベッドの端に腰かけていたり、うつ伏せになっていたりした。

森山家には、さまざまな人がさまざまな時間に見舞いに訪れた。

二四日には、四月から診療所に就職した看護師が、尾下と一緒にケアに来た。学生の時に実習に来て、森山が指導をした女性だ。足浴や爪切り、マッサージなど、尾下の手ほどきを受けながら実践。初めての実践でためらう新人に、本人は「血が出てもいいから」と足の爪切りを促した。

連日マッサージに訪れていた尾下に、森山はこうつぶやいた。

「看護師さんて、すごいんやなぁ」


午後からはあゆみの両親が岡山からやって来る。里帰りした時、少しだけ会ったものの、言葉らしい言葉も互いに交わしていなかったという。

あゆみによると、「うちの実家へ行っても、苦手なのか、会話を避けるようにほぼ引きこもりでした」

しかし、森山は、今までの経過と、感謝の意をきちんと伝えたそうだ。

「よう頑張ってくれたけど、もうちょっと頑張ってほしかったなあ」と語りかけるあゆみの母親に、森山は「それでもがんが見つかって以来、あゆみとも十分良い時間を過ごせたので」と答えた。

あゆみの父親は柔和で、あまり多くは語らない人だというが、あゆみと母親を退室させて、森山と二人きりになって何かを話していたという。

父親にあとで内容を尋ねると、「うん、彼はありがとうって言ってたよ」と言葉少なに娘に告げた。

その日、篠崎家に次ぐハープ演奏会が、急きょ森山家で行われた。かつて篠崎宅で演奏した池田が、大きな楽器を持って彼の部屋にやって来た。

研修中の医学生や新人の看護師も集められ、彼女は美しい音色を演奏した。季節は廻り、あれから六回目の春になる。かつて自分の企画したハープのコンサートを、まさか、自分の終末期に開いてもらうとは、彼も思っていなかったに違いない。

森山はこの世にゆっくりとさよならを言う機会を与えられている。そして家族も彼の友人もまた、さよならを言うために彼の家を訪れる。

いつも在宅での看取りが、もっとも自然で、もっとも豊かな命の閉じ方だと言っていた森山は、本人の考えうる、もっとも望ましい場所で旅立ちを迎えようとしている。


そして二五日。森山と一緒に視察する予定だった滞在型のがん療養施設に、ひとりで行った小原が、二本のたんぽぽを手に訪れた。「施設に咲いていた珍しい日本たんぽぽだから」と、摘んできたらしい。森山に見せたかったのだろう。

彼は森山と診療所の将来を語り合う仲間だった。

帰り際に、なかなか立ち去ろうとせずもぞもぞしている。あゆみが何をしているのだろうと不思議に思っていると、とうとう「あのがん療養施設の決まり事ってなんでしたっけ？」とぼそぼそと低い声で切り出すと、「あちらのスタッフからパワーを届けるように言われたから」と、そっと森山の身体をハグした。

あゆみは驚いた。大きな身体をした、一見クールな小原が、森山のために野花を摘み、それを大事に持ち帰り、目の前で、彼を抱きしめている。

一緒に昼夜を問わず働いてきた彼らの、最後の別れの儀式だった。

二五日。薬の投与を望んだ森山は、朝からずっとセデーションの点滴を続けた。

薬の再調整によりしっかりと鎮静がかかって、彼は深い眠りに落ちた。

幸福の還流

1

森山に頼まれたことがあった。彼が在宅で看取った人の家族たちに会ってきてほしい、看取ったあと、家族はどう過ごし、どんな感想を持っているのか、ぜひ話を聞いてきてくれないかというのだ。

ひとり目は、かつて、森山が提案してハープコンサートを開いたことのある、あの桜の庭の家に住む篠崎の妻、美津子だ。彼女の家を六年ぶりに訪れた。玄関の呼び鈴を押すと、ドアを開けてくれたのは、あの頃とまったく印象の変わらない彼女だった。時が遡ったような気がして一瞬戸惑う。

「まあ。お久しぶりです。さあ、上がって」

「お邪魔します」

靴を脱いで玄関を上がり、促されて廊下を進む。そこにいるだけで安心するような雰囲気はそのままだ。庭からは、さらさらと音がしてくるような、さわやかな風が吹いてくる。

「懐かしいです」

そう言って歩いていくと、いつもの癖で、つい篠崎の寝ていた部屋の前で足を止めてしまう。反射的に彼の姿を探すが、もちろんその姿はなかった。その代わりに、ギターとともに何枚かの絵が掛けてあるのが目に入った。

そのうちの一枚から目が逸らせなくなった。それは、横たわった篠崎が、頭上の光差すほうに向かって祈るように手を組む絵だった。

美津子が描いたのだという。

「主人が祈るように手を組んだまま眠っていて、ちょうど窓から光が差していたんです。まるで神様に導かれているようでしょう？　私、それでスマホのカメラのシャッターを切ったんです。いつかそれを絵にしたいと思ってたんですけど、写真を見ると、当時のことを思い出しちゃって、取りかかるまでに少し時間がかかったんですよ。でも、……描いてよかった」

別離の苦しみや悲しみの先には、静かで穏やかな時間が待っているのだろうか。その絵の隣には、篠崎の長男、次男、三男が並んでいる絵がある。そして廊下に出ると、篠崎夫妻と小さな頃の三兄弟が肩を寄せ合って笑っている絵が掛けてある。この家には、篠崎がまだ生きていて家族を見守っている。私はいたるところに彼の息遣いを感じた。

廊下の突き当たりの窓は開け放たれて、そこから桜の庭が広がっているのが見える。終わりかけの桜が音もなく散る風景は絵のようだ。

庭には篠崎の作った古い木馬に、ウッドデッキ。記憶のまま、かつて見た舞台を再演するかのようにそこに広がっている。

「森山さんが開いたハープコンサートの時も、桜が散り始めで……。なんだか、この時期にお邪魔するなんて不思議な気持ちです」と、私が言うと、美津子は目を大きく見開いてうなずいた。

「そうなんですよ。お電話をいただいた日がちょうど六年前のハープコンサートの日で、それを思い出している時に電話が鳴ったのでびっくりして。きっと神様のお導きですね」

私はコンサートが開かれた時と同じように、庭に面した居間に通された。そこに腰を下ろすと、あの時の目の高さになった。何も変わらない。キッチンでは、美津子がコーヒー豆を挽いている。桜の散る音まで聞こえてきそうな、静かな時間だった。

「ここには森山さんだけじゃなくて、森山さんの奥さんや、まだ小さかったお嬢さんたちも一緒に来ていましたよね」

私がそう言うと、コーヒーを運んできた美津子はうなずいた。

「森山さんの奥さんのことを思うと、私、感情移入してしまうんですよ。もちろんご本人が一番大変だと思うんですけど、奥様もね。強い方だと思うんですけど、いずれまたお話しできたらいいなあと思って。お子さんたちからもハープのコンサートのあと、主人に可愛いお手紙をいただいたんですよ」

当時の森山さんの印象はいかがでしたか、と聞くと、彼女はこう答えた。

「森山さんは物静かで、物腰は柔らかいんですよね。でも、きりっとしたところを持っていらっしゃる。自分に対しても、周囲に対しても、包容力のある方とお見受けしました。それに喜ばれるだろうなと思うことをすぐに行動に移してくださる。写真に撮ったものはすぐにプリントして渡してくださったり、コンサートの風景をすぐにDVDに焼いて送ってくださったり」

そう言うと、彼女は部屋の片隅に置かれた写真に目をやった。それは森山の書斎にも飾ってあった、篠崎と美津子を真ん中にしたハープコンサートの時の集合写真だ。篠崎夫妻がいて、森山も家族といる。みな幸せそうだ。

「あの時は主人も体調がよくて、とても喜んでいました」

そういうと懐かしむようにして、美津子は微笑んだ。

透き通るような明るさはそのままだ。私は庭に視線を向けたままつぶやく。

「蓮池先生とお伺いした時、篠崎さんおっしゃっていましたよね、『楽しく、楽しくね』って。あれが忘れられません」

「まだ主人が元気だった頃、私の父ががんで亡くなったんです。下の子は中学生だったんですが、その時、主人は『お義父さんは子どもたちに命のレッスンをしてくれているんだろうな』

と言っていました。命の閉じ方というんかな。いろいろ感じることがあったんじゃないでしょうか。主人は病気になってからも、自分の一挙手一投足が周りにどういう影響を与えるかを、とても考えていましたね。自分のことで精いっぱいなんやろうにね。すごい人だと思うんです」

そう言うと、「また、のろけちゃった」と笑った。そして言葉を続けるのだ。

「すべては『益』に変えられる、変えなくちゃならないんでしょうね」

私は、これが森山の言う、亡くなりゆく人が教えてくれる最期のレッスンなのだと思った。

森山はよくこう語っていた。

「死が遠ざけられて、子どもたちが死を学ぶ機会を逃している。亡くなる人が教えてくれる豊かなものがいっぱいあるのに、すごく残念なことだと思うんです」

死にゆく人は、ただ世話をされるだけ、助けてもらうだけの、無力な存在ではない。彼らが教えてくれることはたくさんあるのだ。実際に、ほんのわずかな期間を取材させてもらっただけなのに、篠崎の教えてくれたことは決して小さくはなかった。

「いかがでしたか、今振り返って。家で看取りたいという人にアドバイスは？」

「アドバイスというか……、やろうかどうか悩んでいたら、ぜひやってくださいと言いたいですね。最初はすごく不安だったんです。病状が悪くなったら、何が起こるかわからないでしょう？　こんな素人に何ができるのって。

でも、西賀茂診療所の皆さんは夜中でも来てくれるとおっしゃっていたし、実際に駆けつけてくれました。いい方々と巡りあえれば幸運ですよね。

もちろん介護する側も大事ですが、中心に考えてあげなければならないのは患者さん本人です。もし患者さんが望むなら、いろいろな制度を利用してやってみてほしいなと思うんです。看ようと腹をくくればなんとかなります」

だが愛しているからこそ、つらいこともあるだろう。そう尋ねると、

「主人とは一心同体というか、そばで見ていてつらいという客観的な感覚はなくて、今思えば、自分の痛み、苦しみとして共に闘っていたんですね。当時は私自身も必死で、つらいとかやってあげていると思ったことはありませんでした。もし立場が逆だとしても、主人もきっと私に同じようにしてくれたと思います」と首を振る。

「抗がん剤の副作用で入院した時は外泊できなかったので、私は、毎日病院に通って面会時間ギリギリまで一緒にいました。主人は家に帰れなかったあの時が一番つらかったと言ってました。私は、主人が亡くなって、自分の身体の半分以上をなくしたような喪失感です。どんな姿であってもいい、息をしていてくれるだけでいいと思いました」

そう言うと、ひとつ息をついた。

「最後の二日ほどでしょうか。薬で眠らせたまま逝かせる方法もあるよ、という提案を受けました。でも、それではコミュニケーションが取れなくなってしまう。元気な時に、彼は最後まで『闘う』って言っていましたから、家族とも話し合ってお断りしたんです。主人は、家族のために、自分のために、少しでも可能性があったら闘うと言ってくれていました。

主人はほんの少しだけ、一〇分、二〇分と覚醒することがあったんです。それが家族にとっては宝物でした。経験するまではわからなかった。どんなにつらい一日だったとしても、その三〇分、一時間があるだけで、その時間は至福の時なんです。

当たり前だと思っていた時間が、これほどまでに幸せだなんてね。しゃべれなくてもいい、見つめ合うだけでも、触れ合うだけでもいい。家族とそういう時間が持てることを、主人も含めて全員が願っていました。主人は痛くて、苦しくて、私たちの想像を遥かに超えたところを通りぬけて……。つらかったんでしょうけど、主人が家族のために闘うと言っていた以上、周りが白旗を掲げてもいいもんかなと。

看護師をしている甥は別の意見でした。

メールで『おじさんは何と闘ってるんや、これは勝てへん勝負や』と書いてきました。主人もそのメールを見ているんですね。

でも彼はただ『あいつらしいなあ』と。それ以外は言わなかったんです。自分のことを思って言ってくれているのがわかっていたのでしょう。甥は、いらない痛みは我慢しなくてもいい、と考えてくれたんです。何が正解かはわかりません。でも、その時の、私たちの決断は正解だったんだと思いたい。

亡くなる二日前まで自分の足でトイレに立っていました。家族ともコミュニケーションを取っていたし、それでよかったのではないかと思っています」

彼女の声のトーンは明るい。彼女と話していると、どうしても私の父を思い出してしまう。長い看護の末に母を看取った父は、その直後にあとを追って逝ってしまうのではないかと思われたが、嵐のあとの澄み切った明るさで元気に生活している。最近、世界一周の船旅から帰ってきたばかりだ。

美津子もまた微笑んでいる。

「どんなにやっても、後悔が残るって言われますが、不思議ですね。ひとつの後悔も残ってないんです。在宅医療を選択したことも、家族五人がひとつの思いで必死に生きてきた毎日も。『汝、病める時も、すこやかなる時も、死が二人を分かつまで、愛し、慈しみ……』と誓った言葉を、お互い全うできたんじゃないかと思います。

スタッフの皆さんに出会ってから、たった二カ月ぐらいだったんですよね。でも、まるですごく長い間ご一緒していたような気がします。すごく助けてもらって。主人が亡くなった時には、ヘルパーの資格を取って、今度は誰かを助けようかと本気で思ったぐらい。

私たちはクリスチャンなので普通なら教会でお葬式をするんですが、主人が愛したこの家から送り出してあげようと家でお葬式をしました。

お葬式が始まる直前まで息子たちはギターを弾いていて、近所の人たちはびっくりしたんじゃないでしょうか。『次はアメージング・グレースを歌おう』って、歌い始めたんですけど、いつも練習していないからバラバラで」

そういうと、顔がほころんだ。

「主人が亡くなったあとは、悲しみに浸っている間もなく、いろいろなことをやらなくちゃなりませんでした。そのあとすぐ、普通ならありえないと思うんですが、長男の提案で、息子たちと四人で和歌山の白浜に行ってきたんです」

「本当に?」

「ええ、二泊三日だったかな。まだ五月だったから、あんまり人がいなくて、海岸でわーっと走ったり、ギターを弾いたり、温泉に入ったりしてね。夜はカレーを作って、主人と一緒によくキャンプに行ったことを思い出しながら、みんなでいろんな話をしました。主人の写真を持っていきましたから、彼も一緒についてきてくれたと思うんです。朝になると、息子たちは写真に明るく挨拶するんですよ。『お父さん、おはよう』って。それがすごくよかった。

亡くなってすぐもそうでしたし、今でもやはり何かの拍子にすごく寂しくなるんですけど、主人を看取ってから一カ月後にはそれまでやっていたお稽古を再開し、さらにその一カ月後には友人に誘われて、ボイストレーニングを始めました。

そこで最初の自己紹介の時、宝物をひとつ紹介してくださいと言われました。

私ね、心の中で『主人って言おうかな』って思ってたんです。そうしたら、私のひとつ前に自己紹介した人が、やっぱりすごくご夫婦仲のいい方で、先にのろけられちゃったんです。

それを聞いて、私はもう主人に触れることも声を聞くこともできないんだと思うと、自己紹介の途中で不覚にも涙が出てしまって。

でも、そこには年配の方が多くて、先にご主人を送られた方もいらっしゃったのね。みんな『頑張れ』『頑張れ』と声をかけてくださって、私が話し終わるまでずっと待っていてくださったんです。

いい仲間だなぁって。みんな経験した人はわかってくれはるんやと。

最初の頃は、ひとりでいる時に主人のことを思い出しては泣いていました。しくしく泣くのではなく、子どものように泣きじゃくってました。泣くだけ泣いたらスッキリして、心に平安が戻ってきて、それが良かったのかも。不思議なことに主人が生きていた時より、主人の存在を強く身近に感じるんです。物理的な制約を受けずに、いつもすぐそばにいてくれるというか。

だから立ち直りは自分でも驚くほど早かったと思います。その後ご主人を亡くされた方もいらっしゃるんですが、『どうして、篠崎さんはそんなに立ち直りが早かったの？』と聞かれました。もちろん、むしょうに寂しくなる時もあります。

何かを決めなくちゃならない時にはひとりで決めなくちゃならないし、美味しいものを食べていても、美味しいねって言える相手もいないし。それが一番つらいかな。わかちあう人がいないというのがね。子どもたちはすごくいい子たちですけど、やっぱり主人とはちがいます。とても気遣ってくれるんですけど、代わりにはなれないし、それを求めるわけにもいかへんしね。だからね、いつも主人とは心の中で会話して、何でも相談しています。こう言えば、こう返ってくるやろうなと。そういえば次男も、就職で悩んだ時には同じことを言ってました。

『お父さんやったら、こんな時どう答えるかなあって』

主人だったらきっとこう励ましたことでしょう。

『一回しかない人生だから存分に楽しめよ。自分で決めた人生だったら、それが正解なんだから頑張れ』と。次男は自分で仕事を立ち上げて頑張っています。コネもないし、専門的に学んだわけでもないんですが、楽しんでいるというし、少しずつ軌道に乗っているので、主人も安心しているんじゃないかと思います」

亡き人がどう生き、どういうメッセージを残したかは、残された人に影響を与える。篠崎のメッセージは「楽しく、楽しく」。肉体は滅びても、それは受け継がれていく。亡くなる人は、人を励まし、勇気を与えることもできるのだ。亡くなりゆく人は、この世に生まれてくる時、天から授かった美質を、この世に置いていくこともできる。

彼女の話は続く。

「子どもたちが『お母さんの夢は何？』って聞くんですよ。私ももうひと花咲かせないと思って、絵がたくさん描けたら、個展を開きたいと思っています」

「亡くなっても、ずっと家族と一緒なんですね。篠崎さん」

私がそう言うと、彼女は愛しそうに遠くを見つめた。

「ええ、ええ……。そうですね、そうなんです。主人は日中、仕事でいなかったし、今でも留守をしているような感じです。ああ、よっぽど忙しいんやなって。天国に単身赴任しているような感じです」

そう言って淡く微笑んだ。

別れ際に、彼女は小さな袋を持たせてくれた。

「イースターエッグ。森山さんと奥さんに。教会で作ってきたんです。今日はイースターだから」

私はちょうど復活祭の日に六年前の今頃亡くなった篠崎の家を訪れ、話を聞いていたのか。不思議な縁を感じた。

季節は円環し、人の生き死にも円環する。いつか、私の番もやってくる。もし私が在宅で過ごし、家族と一緒にいたら、きっと篠崎に教わったことを思い出すに違いない。

私も祖父や母、そして篠崎が教えてくれたように、美しい命の閉じ方を、家族に教えることができるだろうか。

玄関で足を止めて頭を下げると、脇の花壇に目がいった。

「ジャーマンアイリス……、もう少しで咲くんですよ」

美津子は思い出したようにこう言った。

「そういえば、森山さんがわざわざ調べて教えてくれたことがありました。ジャーマンアイリスの花言葉は、『幸せな結婚』なんですって」

2

森山に紹介されたもうひとりの遺族に会いに行った。彼女とは初対面だ。白い自家用車でバス停の近くに迎えに来てくれていた。

茶色い髪にハスキーな声。ヘビースモーカーのようで、私が乗るとくわえていたたばこを灰皿に押し付け、人懐っこい笑顔を送ってくる。

田中由美。診療所のヘルパーだ。彼女は「遺族」でもある。

「森山さんからちょっとお話をお伺いしたんですけど、家族じゃない人を看取ったとか。その人とはどんなご関係なんですか？」

そう話を振ると、彼女は顔の前で手をひらひらさせた。

「しょうもない話なんやけど、彼は離婚して一人暮らし。私もバツイチやし、『ほんなら付き合おうか』ってちょっとだけお付き合いしたけど、やっぱり無理って別れた人。内縁って名乗らないと、個人情報とか面会時間とか、いろいろややこしいんで嘘ついてたんやけど、実は、まるっきりの友達」

念のためにと確かめてみると、「え、恋愛感情？　ないない」と笑われた。

彼女の男友達に肺がんが見つかったのは四年前のこと。知らせてきた共通の友人によると、抗がん剤治療を受けたい気持ちはあるが、病院に入院してしまうと、洗濯も頼まないとしてもらえないし、病院の食事も彼の口に合わない。それで治療を尻込みしていたのだそうだ。そこで、共通の友人は、見るに見かねて由美に相談をした。

「『私は断るで』言うたんやけどな、誰か助けてくれる人がいたら抗がん剤治療を受けるって言うし、じゃあ私のできる範囲でお手伝いしてあげようかということになって。彼のがんは肺が原発。二度の抗がん剤治療をして、そのうちがんが脳に上がった」

たばこに火をつけ、美味しそうに一服すると話の続きを始めた。

「当時、彼はここからもっと距離の離れたところに住んでて、車を運転して病院に通うつもりだったらしいわ。でも重病人やろ。そんなことできへんし、入院するぐらいなら病院の近くに引っ越ししようかって話になった。移り住んでからも、彼は最初、『自分は元気だ』『普通に暮らしていける』って、訪問看護は拒み続けてた。それを受け入れて病院に通わなくなると、命がないって思ってたのね。

私はそれから一カ月、毎日毎日、彼の家に通って、話し相手と食事の用意。仕事もしてたから睡眠時間は二、三時間。私の精神状態もちょっとおかしかったと思うわ」

病人を抱えた家族は、大なり小なりちょっとおかしくなるものだ。我が家もそうだった。

「家族であるなら、まだ腹をくくって人の命を背負い込めるかもしれん。でも、他人の命をひとりで背負うのってすごく大変なことやったと今は思うね」

彼女が背負った責任について想像してみる。昔の恋人ががんだと知らせが来たとしたら、私に看病ができるだろうか。以前付き合った人をひとりずつ思い浮かべて、あの人はない、あの人も……と、ひとりずつ可能性を消していく。そもそも看取りができるほどの愛情がお互いにあるなら、今でも一緒にいるはずだ。仕事をしながら、看取りまで伴走できるだろうかと考えたが無理だった。私には自信もないし能力もない。

「彼には一生懸命、在宅で医療を受けるように勧めたけど、聞き入れようとしない。それを受け入れることはイコール死なんだと彼は思ってたんやろうね。でも、一カ月でがんも進行してね。じゃあ、会うだけ会ってみようかと」

森山たちに会ったら、次第に心がほぐれて「一週間に一回来てもらっていいよ」ということになったそうだ。診療所が実際に関わったのは二カ月ほど。それまでは、長くは歩けないが、買い物も行けるし、料理もできた。だから、彼は「僕は元気だよ」と断り続けていたという。

彼女の指で挟んだたばこから細い紫煙が立ち上った。

「嬉しかったんやろうなぁ。次の訪問を待つようになった。プライドの高い人やから、話を聞いてもらいたい、リハビリを頑張ったと、ほめてもらいたかったんちがうかな」

脊髄にがんが回って病状が変わってきても、森山か尾下は、呼べば必ず来てくれたという。

「苦しそうだけど、どうしたらいいのかわからんやん。そんな時は、こっちも素人だし、真夜中でも電話させてもらった。そしたらな、どんな時も来てくれた。いつ寝てんのやろ、いつごはん食べてるのやろ、と思ったよ。ドアの向こうで待機してはるのかなと思うぐらい、来てくれるのも早かった」

私の知っている、熱血漢の森山がそこにいた。彼はよく緊急用の携帯電話を自宅に持って帰っていた。診療所でも、誰より早く出勤し、誰よりも遅くまで残っていた。

「脊髄をやられて動けなくなった夜にあの人、初めて泣かはった。亡くなる一カ月ぐらい前かな。それまでは強気。死ぬなんて思ってない。民間療法も何もしなかったわ。昔はおじいちゃん、おばあちゃんが亡くなるのを身近で体験する機会があったけど、今はないもんなぁ。自分の命が短いなんて思ってない。彼自身、そんなに早く目の前に死が来るとは全然自覚していなかった。

私はただの友達やろ。で、神奈川から来る息子さんは、土日しか休めないから病院には行けへんやん。もし、詳しい説明を聞きたくて、平日、会社を休んで話を聞きに行こうとしても、本人の診察券やら、保険証を持っていかないと説明を受けられない。本人に借りようとするものなら『なんでお前らだけで病院に行くんだ』ってなる。だから息子さんも説明を聞きになんて行けなかった。在宅の先生になってカンファレンスを開いてもらったことで、初めてどういう状況か聞くことができてほっとしたのを覚えてる。

あの人な、一流企業のトップだったから、プライド高くて友達もいない。でも、恵まれてるなぁと思ったのは、森山さんたちが『みんなでコーヒー飲みましょう』って、わいわいしながら一緒に時を過ごしてくれたり、あの人が『焼き肉食べたい』ってふと言ったら、滋賀県のなんたらっていう焼き肉屋さんにさっそく偵察に行ってくれたり。ちょっと遠いから、近くのあの焼き肉屋はどうや？　って、渡辺先生が別の店を探してくださった。

入浴介護もありがたかったわ。

みんな本当にすごい。私が背負っていた一〇〇トンぐらいの荷物を一〇〇グラムにしてくださった。私がたったひとりで背負ってた責任という荷物を、みんなで持ってくださった。この人らといると楽しくて、にぎやかで、ずっと一緒にいられたらええなぁと思ったよ」

自己主張することもなく、穏やかに、しかし、気づくといつもそばにいてくれる森山が、その輪の中で微笑んでいる姿が目に浮かんだ。

「森山さんは、本人にも家族にも不安を与えない人。真夜中でも早朝でも、電話したら必ず来てくれる、私の心の精神安定剤やった」

由美もまた、その看取りに悔いはないと言う。私は彼女に尋ねてみた。

「それで、亡くなられた方は、最後はありがとう、と泣いて手を握ってくれたり、感謝の気持ちを伝えてくれたりしたんですか？」

と聞くと、

「ない。まったくございません。みなさまにはおっしゃったようですが、私には一言もございません」

と、由美はおどけて見せた。

「でもな、あのへんてこな人は、最後にいいプレゼントをしなはったよ」

ぷかっとたばこの煙を吐いて、彼女は少し遠いところを見る目をすると、何かを思い出したような顔をして笑った。

「息子さん、小さい時に父親と生き別れて母親のところで育ったし、ほとんど交流もなかったらしいわ。そんな境遇だから、母親の味方で反発してたみたい。でも、赤の他人である私が関わってるのに、自分だけが知らんぷりできないと、神奈川から週に一回通ってきてたんやけど、とうとう介護休暇取って、最後の時間をつくってくれた。

息子さん、結構男前なんやけど、ご縁がなくて独身。でも、この介護休暇をきっかけに、チーム医療のすごさを感じたのか、専門学校に行って介護の勉強しだして、そこで知り合ったのが今のお嫁さん。……結婚して、この一〇月に赤ちゃん生まれるんやで」

彼女が笑ったので、吐き出した煙が愉快そうに揺れた。

「あの彼が、最後にいいプレゼントを残さはったわ」

先に逝く人は、遺される人に贈り物を用意する。

「私は、彼が亡くなって、西賀茂のみなさんに『さよなら』っていうのが、すごく寂しくて。

森山さんたちスタッフのみんなと同じ空気を吸いたいなと思った。それで、彼の息子さんより一足早く介護の資格を取って……。私、渡辺西賀茂診療所にヘルパーとして就職してしまいました」

看取りが由美の人生を変えてしまったのだ。亡くなりゆく人は、遺される人の人生に影響を与える。彼らは、我々の人生が有限であることを教え、どう生きるべきなのかを考えさせてくれる。死は、遺された者へ幸福に生きるためのヒントを与える。亡くなりゆく人がこの世に置いていくのは悲嘆だけではない。幸福もまた置いていくのだ。

カーテンコール

1

森山の意識がなくなってからも、見舞いが相次いだ。

彼の仕事は、彼の知らないうちにたくさんの人に影響を与えているようだった。

渡辺西賀茂診療所に非常勤で来ている医師が森山のもとを訪れた。

三五歳のがっちりした若者は、飾り気のないまっすぐな語り口でこう語る。

「僕は訪問診療がどんなものか、何も知らずに勤め始めました。しばらくたった頃です。僕、『こんなんで大丈夫ですかね？』って森山さんになんとなく聞いたんですよ。そうしたら、社交辞令かも知れませんけど、『先生、訪問診療に向いてるよ』って言ってくれたんです。今まで僕は誰かに、何かに向いてるなんて言われたことなかったんです。口下手ですけど、僕、こう見えても人と話すのは好きで、森山さんに言われたからやっぱりそうなのかなあって自信になりました。森山さんにお会いできたのは縁だと思っています。僕にとって、間違いなく財産です」

あゆみは嬉しかった。夫の仕事はこうして次世代につながっている。

「森山さんの手を触っても大丈夫ですか？」

若い医師はそう断ると、森山の手を両手で握り、開かない目をじっと見つめた。

「ありがとうございました」

医師は深々と頭を下げた。


彼のあとに現れたのはかつてのヘルパー長で、現在は事業マネージャーとなった豊嶋。ひとりでやって来た。

豊嶋は横たわった森山を見ると、呆然とベッドの脇に立ち尽くしていたが、「いろんなこと教えてもらいました」の一言だけ残して、静かにその場を辞した。


小原の摘んできた日本たんぽぽは、固く花を閉じて再び咲くことはなかった。

しかし、あゆみはそのつぼんだ花を見て、「あら」と声を上げた。

花は思いがけず、白い綿毛を作っていた。

あゆみはそれを四月のベランダに蒔いた。森山の生きざまもまた同じだったのかもしれないと思いながら。

森山の蒔いた種は、方々で芽吹いていた。そしてその芽は、彼の肉体がなくなってしまっても生長し、花を咲かせるのだろう。

あゆみは、森山の日記代わりだと言って、私にメールを送ってきてくれた。

「今朝は深い眠りから起きることもなく、寝返りすることもなくなりました。昨日までは耳元で話す私の声に反応し、イエスとうなずくぐらいは返ってきていましたが、今日はそれもありません。しんどいことを我慢することが苦手な人でしたが、ここまで頑張り続けているのは何のためでしょう？　五感を研ぎ澄まして、メッセージを受けとっていこうと思います」

連日のように雨が続いていた。しかし、天気予報によると、二七日にだけ晴れマークがついている。あゆみは、ひとつ確信していたことがある。

「私、ソーシャルワーカーの仕事をしてきて、たくさんのお別れの経験をしたからわかるんです。死んでいく人は、自分だけでなくみんなにとって一番いい日を選びます。それだけは、信じているんですよ。それで一日だけある晴れの日を見て、ああ、この日に逝くのだと思いました」

そして二七日の朝、天気予報通り、窓から明るい陽が差し込んでいた。

あゆみはカーテンを開けて、「おとうちゃん、ほら、晴れているよ」と呼びかけた。

この日、森山の呼吸数が減っていた。あゆみは二人の娘を枕元に呼んだ。

家族が見守っていると、森山は最後の大きな息をして、呼吸を止めた。

あゆみは、朝日を浴びて安らかな顔をして眠っている森山を見つめながら、二人の娘たちに促した。

「おとうちゃんに拍手」

親子は三人で拍手をした。かつて森下敬子が亡くなった時に起きた拍手だ。

「あれが、感動的だったのでしょう。自分もそうやって送ってくれと言われて」と、あゆみは微笑んだ。敬子の教えてくれた「命の閉じ方」を、今度は彼が家族に伝える番だった。

四月二七日六時四〇分。五月一日まであと四日、令和の世を見ることなく、森山文則は四九歳で旅立った。

あゆみは森山が亡くなると、子どもたちや、西賀茂のスタッフが見ているのも構わず、彼の頭や顔を撫でまわし、声をかけた。

「とうちゃん、よく頑張ったね。とうちゃん、ありがとう」

恥ずかしさを取り繕おうとは思わなかった。ただただ、愛しさやねぎらいの気持ちだけが彼女にあふれた。彼女は彼を誇らしいと思った。

「とうちゃん恰好よかったよ。最後まで恰好つけしぃの男前やった」

2

今にも雨が降りそうな中、葬儀が行われた。森山自らが用意した葬儀だ。渡辺西賀茂診療所の職員や、あゆみの友人たちが長い焼香の列を作った。そこにはヘルパーの田中由美の姿もあった。

「私をこの仕事に就かせてくれたのは森山さんです。なんで、こんなにいい人が。私が代わってあげたい。私は何にもお返ししていない」

あゆみは泣き崩れる由美にこう語りかけた。

「主人は、生前自分の送った恩は、別の人に返してくださいと申しておりました。どうか、これからも患者さんのために頑張ってくださいね」

最後に、あゆみが出棺の挨拶を読み上げる。

「本日は連休の最中にもかかわらず、夫、森山文則の葬儀にご参列いただき、誠にありがとうございました。

在宅医療を天職とし、その現場の魅力を地域に、多職種に、後進に、広めたいと尽力していた矢先、昨年夏のがん発覚でした。

驚きと不安は否めませんでしたが、この転機を生き直しの機会と捉え、私共家族は改めて互いに向き合い、生活を見つめ直し、ここまで共に歩んで参りました。病により失った物も多いかもしれませんが、この間に皆様からいただいたご縁と大きな愛情、友情、思いやり、そして命の神秘、強さ、祈りの力への気づきは、病を患ったからこそ得られた、私共のかけがえのない大切な財産となりました。

おかげさまで皆様の多大なご支援の下、夫は自身が選び、作り上げた在宅療養を全うすることができました。私共の生き直しの時間を温かく支えていただいた皆様に、心より感謝申し上げます。

夫は皆様方の中にこれからも生き続けることを確信しております。あのように見えましても、実は寂しがり屋です。皆様の傍らにそっと寄り添う夫を感じていただけることがありましたら、時折その声に耳を傾け、語り合っていただけましたら幸いです。

私共家族も夫の情熱を引き継ぎ、小さな一歩を重ねて参りますので、これからもあたたかく見守っていただけますよう、よろしくお願い致します。

最後になりましたが、人生の幕引きをすべて自身で整えてきた夫は、この場を皆様の拍手で送りだしていただくことを望んでおりました。どうぞ皆様のお気持ちを拍手に込めて、次の修行の道に旅立たせてやってください。本日は本当にありがとうございました」

言い終わるや否や、大きな拍手が起きた。千秋楽のカーテンコールのように、拍手はいつまでも鳴りやまない。大勢の人が、彼の生きざまをたたえた。看護師としての人生を、親としての人生を、友人としての人生を。

かつて、いみじくも渡辺がこう言った。

「僕らは、患者さんが主人公の劇の観客ではなく、一緒に舞台に上がりたいんですわ。みんなでにぎやかで楽しいお芝居をするんです」

森山文則はあまたの脇役を演じたのちに、最後は主役を全うした。私は彼の友人の役、彼の想いを聞くライター役として、いい脇役であったろうか。

あゆみは、拍手の音を聞きながら思ったという。

「どれほど大きな拍手をもらおうとも、主役が再度挨拶に登場することはないんですね」

だが、そのお芝居は役者を代えて続いていく。
いつか私が。いつか誰かが。

あとがき

最近、ジョギングをしている。これは、森山さんのことを書くようになってから始めた習慣だ。私の住む街にも、大きな台風ののち、ようやく遅い秋がやってきたかと思ったら、今日はずいぶん冷え込んだ。市民公園の桜並木は、朝陽を浴びて光っている。冬にそなえてでもいるのか、小さな野鳥たちは私が近づくのも気にせず、夢中で何かをついばんでいた。私は、森山さんや今まで出会ってきた人たちを思い出しながら走る。

彼の病気を知らされたあの日から、もう一年が経った。日々のうつろいは年を経るごとに加速するように感じられる。もっと年を取ったら、人生は一瞬の夢のように感じられるのではないだろうか。

身近な人がいなくなれば、世界は決定的にその姿を変えてしまう。人の不在を乗り越えることは思いのほか難しく、何かで埋めようとしても埋まらない。永久欠番として、そこには空席が残される。

「もし」その人が生きていれば、過ごしていたはずの時間や、打ち明けたかった話、今度一緒に食べるはずだった美味しいものや、見るはずの景色が、「もし」という言葉をともなったまま、日々あふれかえり、積み重なる。

時々、大切な友達を引っ越しで失った小さな子どもの頃のように、懐かしさと寂しさで、鼻の奥が痛くなることがある。あの取り残されるつらさは大人になれば和らぐのかと思ったが、一向に慣れない。もう、どうしようもないのだと観念することにした。

それでも不思議なもので、亡くなった人を今まで以上にとても近く感じる日もある。森山さんが亡くなって以来、彼が自分の心に忠実に生きたように、私も、行きたいところに行き、会いたい人に会い、食べたいものを食べ、自分の身体を大切にするように心掛けている。相変わらず頑固で気の短い私だけれど、少しだけ他人に優しくなったような気もする。もっともあまりに微々たる変化で、周囲の人は気づかないかもしれないが。走るのは、忍耐力を身につけ、謙虚になることに、多少は役に立つかもしれない。

最近、よく思い出すのだ。森山さんが、「僕には、人に腹を立てたり、何かを悲しんだりする時間はないんですよ」と言っていたことを。

森山さんが今も生きている私に影響を与え続け、私を動かしている。そうであるなら、果して彼は死んでいると言えるのだろうか。こんな形で私に再び本を書かせた彼は、別の形でまだ生きているとは言えないだろうか。

この本は、各章でも記している通り、二〇一三年から二〇一九年まで在宅医療で出会った人々を取材し、その姿を書いたものだ。七年の間、原稿に書かれなかったものも含めて、少なくない死を見てきたが、ひとつだけわかったことがある。それは、私たちは、誰も「死」について本当にはわからないということだ。これだけ問い続けてもわからないのだ。もしかしたら、「生きている」「死んでいる」などは、ただの概念で、人によって、場合によって、それは異なっているのかもしれない。ただひとつ確かなことは、一瞬一瞬、私たちはここに存在しているということだけだ。もし、それを言いかえるなら、一瞬一瞬、小さく死んでいるということになるのだろう。

気を抜いている場合ではない。貪欲にしたいことをしなければ。迷いながらでも、自分の足の向く方へと一歩を踏み出さねば。大切な人を大切に扱い、他人の大きな声で自分の内なる声がかき消されそうな時は、立ち止まって耳を澄まさなければ。そうやって最後の瞬間まで、誠実に生きていこうとすること。それが終末期を過ごす人たちが教えてくれた理想の「生き方」だ。少なくとも私は彼らから、「生」について学んだ。

困難を抱えながらもインタビューに応じてくれた、患者とご家族の皆様に深く感謝したい。特に森山あゆみさんにはお世話になった。そして日々、患者を支える渡辺西賀茂診療所をはじめとした医療スタッフの方々に、また、七年もの歳月を辛抱強く待ち続けてくれた、心の広い集英社インターナショナルの田中伊織さんに、心より感謝を申し上げる。
そして私を励ましてくれた友人や両親、出会ったたくさんの方々へ。人生はいいものだと教えてくれてありがとう。最後に森山文則さん、あなたの物語を聞かせてくれてありがとうございました。

佐々涼子

二〇一九年　一一月

参考文献

『京都の訪問診療所 おせっかい日誌』渡辺西賀茂診療所編　幻冬舎
『死ぬ瞬間　死とその過程について』エリザベス・キューブラー・ロス　中公文庫
『がん緩和ケア最前線』坂井かをり　岩波新書
『家で死ぬということ』山崎章郎　海竜社
『上野千鶴子が聞く 小笠原先生、ひとりで家で死ねますか?』上野千鶴子・小笠原文雄　朝日新聞出版
仏教ウェブ入門講座　https://true-buddhism.com/teachings/spiritualpain/
全がん協加盟施設の生存率協同調査　http://www.zengankyo.ncc.go.jp/etc/seizonritsu/seizonritsu2010.html
渡辺西賀茂診療所　https://www.miyakokai-kyoto.com/nishigamo-zaitaku

佐々涼子

ささ・りょうこ

ノンフィクション作家。一九六八年生まれ。神奈川県出身。早稲田大学法学部卒。日本語教師を経てフリーライターに。二〇一二年、『エンジェルフライト　国際霊柩送還士』（集英社）で第一〇回開高健ノンフィクション賞を受賞。二〇一四年に上梓した『紙つなげ！　彼らが本の紙を造っている　再生・日本製紙石巻工場』（早川書房）は、紀伊國屋書店キノベス！第1位、ダ・ヴィンチBOOK OF THE YEAR第1位、新風賞特別賞など数々の栄誉に輝いた。

エンド・オブ・ライフ

二〇二〇年二月一〇日　第一刷発行
二〇二〇年一一月一〇日　第四刷発行

著　者　佐《さ》々《さ》涼《りょう》子《こ》

発行者　田中知二

発行所　株式会社　集英社インターナショナル
〒一〇一－〇〇六四
東京都千代田区神田猿楽町一－五－一八
☎〇三－五二一一－二六三〇

発売所　株式会社　集英社
〒一〇一－八〇五〇
東京都千代田区一ツ橋二－五－一〇
☎〇三－三二三〇－六〇八〇（読者係）
〇三－三二三〇－六三九三（販売部）書店専用

印刷所　凸版印刷株式会社
製本所　加藤製本株式会社

ISBN978-4-7976-7381-4 C0095